Uwe Schneider

Seit iech e Ruheständler bie

Uwe Schneider

Seit iech e Ruheständler bie

Neue heitere Geschichten

Impressum

Bibliografische Information der Deutschen Nationalbibliothek:
Die Deutsche Nationalbibliothek verzeichnet diese Publikation
in der Deutschen Nationalbibliografie; detaillierte
bibliografische Daten sind im Internet über http://dnb.dnb.de
abrufbar.

© 2023 Uwe Schneider

Bearbeitung und Gestaltung: Tim Schneider, Maria Schneider

Herstellung und Verlag: BoD – Books on Demand, Norderstedt

ISBN: 978-3-7392-1978-3

Inhaltsverzeichnis

	Seite
Vorwort	1
Früh übt sich… (2020)	3
Blutsbrüder (2010)	9
Per Anhalter ins Chaos (2008)	14
De ausgefallne Brautnacht (1998)	19
Liebe Pur in dr Natur (2008)	25
Vom Kanoneboot, dos of nr Klippe soß (2008)	29
Der Gitarren-Tschän kennt kaa Zuhaus (1998)	35
Vürsicht am Steuer, dr Karl kimmt (2003)	43
Dr Bürgermaaster spielt Old Shatterhand (2020)	49
Unner Neinerlaa kimmt in dr Glotze (2020)	56
Seit iech e Ruheständler bie (2020)	61
Harald Schindler:	
De Leich uhne Kopp (1995)	70
Mei Bekanntschaft mit'n sozialistisch'n Militär (2020)	72
Zu den Autoren	83

Vorwort

Liebe Leser, liebe Freunde der erzgebirgischen Mundart, wer meine in acht kleinen Büchern veröffentlichten Erinnerungen kennt, weiß, dass er in diesen viele Geschichten findet, die neben heiteren Erlebnissen auch nachdenklich stimmende Episoden zum Inhalt haben. Schließlich scheint nicht jeden Tag die Sonne, nicht selten verhüllen auch Regenwolken den Himmel. So ist es im Leben und ich möchte im Nachhinein auch die dunklen Stunden nicht missen. Waren sie doch die sichersten Wegweiser in meinem Leben. Wenn ich rückblickend auf viel Sonnenschein blicken kann, so ist das Gottes Gnade zu danken. Doch dass mir von Kindesbeinen an viele lustige Begebenheiten vor die Füße purzelten, gehört wohl auch zum eigenen Verdienst. Wer so wie ich im Kreise erzgebirgischer „Kaffaaten" aufgewachsen ist, zählt wohl über kurz und lang selbst dazu, ganz gleich, in welchen Lebenslagen er sich gerade befindet. So haben mich die heiteren Erlebnisse geradezu verfolgt: an der Schul- und Werkbank, im Studium und Zeitungsberuf, am Stammtisch. Selbst im Bürgermeisteramt sind mir eine Menge Schnorken begegnet. So darf man sich auch nicht wundern, wenn einem im Ruhestand fröhliche Erinnerungen die Zeit versüßen.

Alle meine bisherigen Mundartgeschichten geben auch einen Einblick in meine Gedanken über Gott und die Welt, zeigen Erkenntnisse und Irrtümer in den vergangenen 80 Jahren. Im Jahre 1990, im Jahr der Wiedervereinigung unseres Vaterlandes, glaubte ich, dass mein mühsam erworbenes Weltbild mit der neuen Zeit einträchtig einhergehen würde. Dem ist leider nicht so. Die Zeiten veränderten sich, der Mensch Uwe Schneider gottseidank auch. Deshalb müssen, wenn mir noch einige Lebensjahre gegönnt werden, meine Gedanken aus der Zeit des Ruhestandes, nicht der letzte Schluss meiner Weisheit sein.

Zwei Tage vor dem Heiligen Abend im Jahre 2020 starb mein treuer Freund und Mittstreiter, Harald Schindler, im 68. Jahr seines Lebens, ein großer Verlust für alle Heimatfreunde. Wenige Wochen zuvor gab er mir zwei selbst erlebte Geschichten in Mundart zur Überarbeitung bezüglich der Schreibweise mit der Bitte, sie dem von mir geplanten Büchlein anzufügen. Dem habe ich mich gern unterzogen. Da ich mir sicher bin, dass seine Erlebnisse eine breite Aufmerksamkeit finden, habe ich diese lustigen Episoden zusammen mit meinen Erinnerungen in diesem Büchlein auf die Reise geschickt, sozusagen als ein kleiner Sonnenstrahl für trübe Tage.

Glück Auf!

Uwe Schneider

Früh übt sich...

Is war im 51er Gahr, als de Gundi vom Zwäntzer Stadtgut un iech in Gefahr gerieten, ewing frühreif ze sei. Dodrbei hatt' zemindest iech mit meine siehmehalb Gahrn noch de Eierscholn hinner de Ohrn. De Mär vom Klapperstorch un vom Salz streie tat iech fei schu längst net meh glaabn, doch wie de Babys nei in dan Bauch von gunge Weibsen kumme, kunnt iech mir noch immer net drklärn. De Gundi vom Stadtgut, die e Gahr günger war, wusst wuhl besser Bescheid, dä die sog ja fast jeden Tog, wie dos bei Schweine, Pfaar un Küh su vür sich ging. Doch aans muss iech glei mol festhalten: In darer Zeit, wu mei Geschicht spielet, labten mir Beede im Paradies dr Uschuld.

Drüm fang' iech lieber ganz von vorne a, un zwar im Winter vom 51er Gahr. Do hatt'n mr nämlich, wie dozemol noch ieblich, enn ganzen Haufen Schnee un aah de richtige Kält drzu. De Schneepflüg tat'n vierspännig fahrn, gestreit wur, un aah blus mit Asch un Sand, när im Stadtel. Noochn Ortsschild ober war dr Schnee festgefahrn un schie glatt. Sette salzluse Zeitn war'n e Paradies fer uns Kinner, dä fer wos braucht mr dä enn Schlieten, wenn net zen ruscheln? Iech saah mich noch immer, wie iech mit'n Nastler-Peet un menn Bob de Geyrische Stroß nauf bis zer Königstann getippelt bie, när üm mit damischen Zaah fast zwee Kilometer runner ze saußen. Un dos glei zweemol an enn Tog, dä jeder wollt mol ans Steier. Sugar ne Taschenlamp hatt'n mr vorne nagebundn, schu waagn de Autos, die of uns zukumme könne. E Rücklicht fer hinten brauchets net, dä schneller wie unner Gefährt, kunnt dozemol of glatten Geläuf kaans fahrn. Gefahrlich wur's ober, wenn's dr Hartensteiner runner ging, un zwar waagn de Bahnschranken, die dozemol meh geschlossen, als geöffnet war'n. Immer, wenn mr de Kurf rachts zen Güterbahnhuf trotz agezugner Handbrams net schaffen tat'n, kugelten de Rennfahrer of dr Stroß rüm un dr Bob log auf uns drauf.

Mei Geschicht beginnt mit nr Schlietenfahrt. De Pfaar mit dan eleganten Schlieten stellet is Stadtgut, mit'n Bauer dan Kutscher un mit dessen Fraa Käthe un ihren zwee Maad, wos de Heidi un de Gundi war'n, drei Fahrgäst. Miet drbei war aah iech, mei gunge Mutter un ihr Freind, dr Onkel Walter, dar als „reicher" Kapitalist Gald fer Assen un Trinken in de Kneipen berappen musst. Als bezohlter Musikant war der Xafer-Franz engagiert. När halb mietzähln, tat dr Gehr, e Gung von üm de 14 Gahrn, dar in seiner Freizeit sich im Gut paar Groschen verdiene wollt'. Er soß mit'n Schmidt Paul of'n Kutschersitz un war agehalten, ben Eikehrn in de Kneipen de Pfaar ze hüten. Eh iech's vergaß, sollt ihr wissen, doss sich waagn dr Enge im Schlieten, mei Onkel un aah dr Musikant hinten of den aasitzigen Bock owachselten musstn.

Mit Gittarnklänge, Hüh un Hott, ging's an enn Sunntig vürmittig üm zaahne zum Stadtel naus. De Sonn tat scheine un is war aah gar net su kalt. An dr „Wartburg", ben Bierkoch, wur kurz mit dr Kuhglock gebimmelt, doch uhne azehlalten ging's wetter bis ins Burgstädtel, wu noochn steilen Astieg unnre Pfaar e Verschnaufen, dr Korona ober e steifer Grog gegönnt wur. Üm de Sach ewing ozekürzen, erspar iech mir de Schilderung aller Statione, is war'n fei daamisch viele, agefange von dr „Singer Hilde", ieber dr „Sonne" am Alterliner Markt, dr „Finkenburg" mit Mittagstisch, „Gachtschänk", „Ratskaller" Geyer bis hie zer Kamilla vom „Waldhaus". Ieberall ging's mit Gebläk vom Grog ze Bier un Schnaps, bei de Weibsen ze Wein und Likör. Mir sei ball de Aangn rausgefalln, als iech saah musst, unner welch daamischen Durscht de Grußen litten. Uns drei Kinnern hing fei dr viele Muckefuck ober aah de Limo zen Hals raus. Dar Deebs in jeder Kneip war do schu nooch menn Geschmack, dä lautes Singe zen Klavier oder zer Gitarr machet mir viel Gaudi, aah wenn iech dan Inhalt manischer net ganz astraaner Texte verpassen tat. Un wenn e Witz gar ze saftig war, wurn mir von meiner Mutter de Ohrn zugehalten. Mietgelacht ober hob iech trotzdam. De Grußen, die schu ewing benaabelt war'n, hielten dos fer e Zeichen von besonderer Intelligenz. Hätt'n se meine Zensuren gesaah, wärn se mit ihrn Lob ewing vürsichtiger gewaasen.

Ze meh reign meine Erinnerunge net. Aufgewacht aus enn Schlummer un rausgeschält aus Decken un Fellen bie iech erscht bei dr Kamilla aus'n „Waldhaus" wieder ze Verstand kumme. Iech hob miech nämlich höllisch gefärchtet vor dar Alten, die enn Teifel zen Freind hobn sollt. Meine gute Mutter war sugar aamol bei ihr zen Wahrsogn, su mit Hilfe von Skatkarten, Fotos un aus dr Hand laasen. Dr Teifel sollt ihr verroten, wann mei Voter aus dr Gefangeschaft wieder ham käm. Nooch dr Kamilla ihrn Wahrspruch war dozemol Weihnachten 1948 e sicherer Tipp un mei Mutter war fruh un hatt' glei wieder Hoffning. War ober net kam, war mei Voter, aah iebers Gahr net. Is muss fei e dummer Teifel gewaasen sei, dar settn Stuß dr Kamilla ins Ohr geblosen hatt'. Doch aah e dummer Belzebub ka gefahrlich war'n. Drüm hob iech miech in setter dusteren Gaststub in nr Eck of enn Stuhl verkrochen, wollt kenn Muckefuck un kaane Limo aus dr Hand von dar Hex anamme. Alles musst mr mei Mutter hiestelln un sugar de Bockwurscht hob iech mit Angst un Vürsicht gegassen, wall se emende vergiftet sei kunnt. Dan

Hansel un seiner Gretel im Pfefferkugnhaus werd's ähnlich gange sei.

Aus menn Brüten wur iech ober durch enn Pläkerts gerissen. Er kam vom Xafer-Franz un schlug ei wie e Bomb. „Unner Gung do draußen bei de Pfaar, dar rührt sich fei nimmeh. Mit dan hot's wos!" Wie of's Kommando is de Mannschaft, iech ze allererscht, aufgesprunge un nausgestürzt. Viel ze saah gob's afangs net. Dr Gehr war vom Kutschersitz runner gestiegn, hatt' sich unner Felln un Decken e warmes Nast gemacht un log nu, inzwischen aufgedeckt, im Schlieten, tat sich ober net rührn. „Wie iech ne sei Bockwurscht bringe wollt, tat'r kenn Zuckers meh machen", drkläret dr Franz senn Alarm. „Iech kunnt machen, wos iech woll!"

„Emende is dar arme Kerl drfrorn", schluchzet mei Mutter. De Heidi, elf Gahr alt, hielt sich glei de Händ vür'n Gesicht un heilet: „Mei armer Gehrhard. Bestimmt is'r tut."

„Altes Gelapp!" soget ihr Voter, packet dan Gung mit beed'n Händ a un zug ne an sei Gesicht na. „Ha, hob iech mir's doch glei gedacht. Dar Rotzlöffel is besoffen! Riecht när mol." Doss sich itze of aamol alles in Lachen auflösen tat, könnt ihr eich denken.

„Wenn iech bluß wüsst, von was?" froget mei Onkel Walter arglos, bekam ober von dr Bäuerin glei enn Dämpfer: „Dos ka iech Dir sogn: Waar hot dä dan arme Gung bei jeden Halt enn Grog spendiert, su waagn dr Wärm von inne?" Wie itze ober a Wort is annre gob, waagn Schuld un Uschuld, un wos ze tu wär, do kam Labn nei in Gehr, ober aah Labn wieder raus. Speie tat dr arme Gung, welch e Malör. Fix hatt' ne dr Paul aus'n Schlieten gezugn un iebern Schnee gehalten. Gesaah hob iech net viel, wall's doch schu sehr duster war. De Käthe ober hatt' bessre Aagn: „Dos Zeich is galb wie Eiter!" Während de Heidi glei aufschluchzet, schwenket mei Onkel ne leere Flasch in dr Hand un rief: Von waagn Eiter. Eierlikör speit dr Knabe, guckt har, de Flasch von de Weibsen is laar."

Un itze häret iech vom Stadtgut-Paul dan schänn Satz: Früh übt sich ...
Kurze Rede, langer Sinn: Der Gehr wur waagn dan Geruch bei dr Kamilla in e Fremdenzimmer gesteckt un, da er weder Miff noch Maff soget, weß niemand, ob ne dos su racht gewaasen war. De Heidi ober fing glei wieder ze fleschen a, emende hätt' de Hex oder dr Teifel ihrn haamlichen Schatz wos atue könne. När gut, doss es nooch dan Dehmeneh un en guten Schluck ball wieder in Richtung Haamit ging. Mit Schellengeläut un Karacho flitzten de Pfaar, die wuhl ihrn Stall rochen, itze dr Geyrischen nei. Doch kurz nooch dr letzten Kurv, hinnern „Förster-Christel", gob's enn plötzlichen Stopp. Schuld war dr Onkel Walter. War dar doch bei dan Tempo vom Bock geflugn un in enn tiefen Hang zwischen de Baam gelandet. Is tat aah ne Weil' dauern, bis dr Franz dan Schneemaa in darer Dunkelhaat gefunden hatt'. Wie se menn Onkel in dan Schlieten ze uns nei gezugn hatt'n un er ganz sehr nooch Schnaps rieng tat, soget mei besorgte Mutter: „Hoffentlich hot er sich nischt geta." „Dos glaab iech net", lachet dr Paul vom Kutschbock runner. „Enn klenn Treffer mog dr Walter zwar ogekriegt hobn, när Kinner un Besoffene, sette mit gahrelanger Übung, hobn meest Glück."
Emende wär mei Geschicht itze ze End, wenn net de Gesellschaft ben Bierkoch, dr Wirt von dr „Wartburg" hieß nämlich Koch, dan Sack noch zubinden wollt'n. Unner grußen Deebs huppten alle frisch un munter aus'n Schlieten, när dr Onkel Walter rutzschet drbei aus, wur ober ball aufgefange un nei in die Kneip geschleppt. Von dan feicht-fröhlichen Finale war dr Noochwuchs zen Glück ausgeschlossen, dä dr Paul fuhr de bettschwaar'n Kinner ins när 200 Meter entfernte Stadtgut zen Obndassen un Schloofen. Un wall de Heidi waagn ihrn veruglückten Gehr un dar uhaamlichen Kamilla vom „Waldhaus" noch immer in Angst un Schrecken war, aah deswaagn in dr Männel-Christine ihre Kammer schloofen wollt, kam iech in dos frei gewurne Bett in dr Maadenkammer. När zwee Meter drva

entfernt legte dr Paul sei klaane Tochter zu Ruh. Bis zen Gute-Nacht-Kuss vom Bauer reicht mei Erinnerung, drnooch hatt' iech enn Filmriss. Wie iech am annern Tog aufgewacht bie, saah iech mei Mutter mit dr Käthe aufgereegt vür menn Bett stieh. Wos haaßt hier mei Bett? In dr Gundi ihrn Nast log iech, un wie mr mei Mutter später versichern tat, hatt'n wir uns su richtig anenanner gekuschelt. Kaaner von uns beedn wusst, wie dos alles passiert war. Hot miech de Gundi gerufen, war's ihr's ebber ze kalt, hatt' se sich allaa gefärchtet oder war's emende grod ümgekehrt? Den aanzig richtgen Schluss zog dr Stadtgut-Paul zen Frühstück: „Waar aah immer. Früh übt sich ..."

Blutsbrüder

Doss dr Pranzer ze menn Freinden zählet, weß jeder, dar mei Buch vom Lausgung gelaasen hot. Dort hatt' iech aah verroten, doss dr Bernd, su hieß dr Pranzer, un iech e ganz ugleiches Paar war'n. Net vom Alter har un aah net von dr Statur, dan Unnerschied – dr Pranzer war e Schulgahr älter, drfür ober enn halben Kopp klenner – kunnt mr vergassen. Un doch tat schu dos Äußere von uns Gunge schlacht zammpassen. Of'n Foto sticht's mir's noch heit in de Aagn. Do sieht mr enn Gung in enn militärisch geschneiderten sandfarbnen Hemm, in aaner superkurzen Huus mit enn Fahrtenmasser an dr rachten Seit am Gürtel. De blonden Haar, kurz geschnieten ober mit Scheitel, de Baa, braun von de Socken bis zen Hinnern. Quex, tat ne sei Voter nenne, un erscht viel später is mr aufgange, doss dar Spitzname von enn Hitlergung aus enn Film geliehen war. Doss de Eltern vom Pranzer ihrn Gung ze enn „Herrenmenschen" erziehen wollt'n, hatt' sei Mutter meiner verroten. Wos dos ober richtig sei sollt, wusst iech dozemol net. När doss su ne Ausbildung daamisch astrengend war, is mir aufgange. Sich frieh bei jeden Watter mit kalten Wasser waschen, drzu ne Runde üm's Haus renne, zaah Klimmzüge un Liegestütze an jeden Tog: Naa, dos war net mei Walt. Dä fer miech war's schu quälend, frieh aus'n warme Bett ze müssen, üm in de Schul ze gieh. Wenn ben Pranzer of dan Foto Außen un Inne zammpassen tat'n, su war dos in menn Fall när de halbe Wahrhaat. Genau wie bei menn Freind war dos Aziehzeig e Ausdruck mütterlichen Willens. Mei Pulli war von dr Oma handgestrickt un die altmodische dunkelblaue Huus, die mir bis ze de Knie ging, war e Ieberbleibsel von enn Sommermantel vom Opa, dan mir Maaster Keitzel of'n Leib schneidern musst. De Huusentrager gehärten genauesu drzu, wie de langen Strümp. När gut, doss kaaner dos Leibchen saah kunnt, dos se am Baa festhalten musstn. Doss mir su ne verordnete Kittellasche of'n Keks ging, iech lieber in dr äußeren Haut vom Pranzer stecken wür, könnt ihr mir glaabn. Un iech wett aah zaah ze aans, doss ball nooch dan Fotografiern, fern von Mutters besorgten Aagn, de Strümp runner gerollt wurn.

Wenn ben Pranzer dr Wunsch nooch enn Herrenmenschen im Mittelpunkt dr elterlichen Erziehung stand, su wolltn meine Mutter un Grußmutter enn lieben, gescheiten un christlichen Gung aus mir machen. Doss se ober unner „lieb" meh an sette Charakterzüge von nr Mad denken tat'n, bracht mir viel Verdruss ei, genauesu wie dr Wunsch nooch „Gescheitheit", wall dar an de Zensurn in dr Schul gemassen wur. Christlich handeln war noch viel schwaarer, dä mein un dein ausenanner ze halten, war agesichts vom Äppelbaam in Nachbars Garten fer enn gesunden Gung e Martyrium, ganz drva ogesaah, doss mr nooch nr Fauns ben Kampeln net noch de annre Seit von dr Wange hiehalten ka. Net mol meiner lieben Mutter hob iech suwos durchgieh lossen un hob menn Arm zen Schutz vür mei Gesicht gehalten. E manichsmol hob iech gar mit'n lieben Gott gehadert, wall er sich suviel Zeit lassen tat, miech gut un fromm ze machen. Wu iech ne doch obnds drüm baaten tat.

„Baaten", soget dr Pranzer, „is doof. Dä wenn's Gott wirklich gabn tut – wos iech un meine Alten net glaabn - do is dar mit de Starken. Sinst hätt'n de gottlosen Russen dan letzten Krieg net gewonne. Na, Baaten is wos fer Schwächlinge, mr sieht's ja an dir".

Ewing beleidigt war iech deswaagn. Dä aah iech war e wilder Gung, wenn aah de Abenteuer meiner Gungezeit, net halb su dramatisch war'n, wie die Kämpfe, die iech im Traam of de Spuren von Robinson, Tom Sawyers un Jim Hawkins drlabn kunnt. Ober wie sollt iech annersch ze einsame Inseln un Höhln voller Schätze kumme. Ja, wenn iech erscht gruß wür... Dr Pranzer un all die Kumpels würn Aagn machen.

Un su hob iech miech aah gewunnert, als an enn schänn Tog dr Pranzer mir dos Agebut machet, iech sollet sei Blutsbruder war'n. Welche Ehr! Blutbrüder, genau sette wie Winnetou un Old Shatterhand. Begeistert hob iech zugesogt un bie of dr Stell miet naus zen Richterbüschel gezugn, wall doch dar Schwur unner nr uralten Buche vollbracht war'n sollt. Erscht als dr Pranzer aus senn Tornister enn grußmachtigen Dolch hulet, wur mir's ewing mulmig zemut. Net wall of dan Masser „Blut un Ehre" stand, meh waagn dan ze erwartenden Schmerz. Drüm hob iech aah menn Arm kurz vür dan Ritz fix wagg gezugn, när hot mir dodrfür dr Pranzer kurz entschlossen ins Baa gestochen. Wieh tat dos kaa bittel un dos bittel Blut, dos in e Glos Wosser troppet, war net dr Red' wert. När doss dr Pranzer drnooch mit senn Masser enn klenn Grind of seiner Hand aufpopeln tat, wollt gar net ze dar Zeremonie passen. Aah dos Trinken von dan mit Blut gemischten Wasser war alles annersch als romantisch. Richtig geschüttelt hob iech miech vür Ekel. Dos haaßt, innerlich!

Geschworn wur aah. Kameradschaft un Treue, un doss of Verrat dr Tud folgen sollt. Ja dr Tog war noch net ze End, als iech vom Pranzer ins Vertraun gezugn wur. Eigewickelt in enn alten Läufer bracht er mir e echtes Bajonett. Er hätt's in enn Schuppen gefunden un iech sollt's erschtmol verstecken. Wall doch bei ihm Tür an Tür dr Langer-Pollezeier wuhne tät. Emende könnt dar Bulle senn Voter waagn dar Waffe in Knast nei bringe, dä of'n Kieker hätt'r senn Alten schu längst. „Versteck's gut un halt fei dicht!" soget dr Pranzer un machet sich wieder of de Baa.

Mir ober war's, als wenn Ustern un Weihnachten of enn Tog gefalln wärn. E richtiges Bajonett, kaa geschnitzter Säbel, kaa Pistol aus Holz. Dä meh war ze darer Zeit, wu iech zwischen acht un zaah Gahrn war, net ze kriegn. War'n doch Waffen, sugar als Spielzeig, streng verbuten. De Hand sollt enn abfaulen... Meine tat dos net, obwuhl iech in nr haamlichen Eck im Garten mit dan Ding rümgefuchtelt hob, wie irr. Wuhie ober mit dar Waffe? Üm Gotteswilln net ins Haus, oder gar in de Wuhning. Mei Mutter tät fer Angst glei olbern waarn. E Versteck im Garten müsst har, aans wu kaaner wos finden wür. Dr Hoosenstall schied aus, dr Holzstapel aah un ben Verbuddeln in dr Ard wür sich emende dr Rost asetzen. Zen Glück fiel mr dr alte Holunderbusch ei. War doch dr mittlere Stamm in zwee Meter Höh gekäppt un dodrnooch verdorrt. Fix hob iech ewing in dar huhln Rähr rümgeststochert un siehe, dos Bajonett war verschwunden. Of su e Versteck muss mr abn kumme. Richtig stolz war iech of miech.

Ober wie sogt mr: Nischt is klug genug ersponne, is kimmt doch ans Licht dr Sonne. Iech maan net mei Versteck. Dos Geheimnis blieb fremden Aagn verborgen. Is ging üm de Waffe, besser gesogt üm dan Diebstahl. Von waagn gefunden, gemaust hatt' dr Pranzer dos saltne Stück un zwar aus'n Schuppen vom Triechert-Bernd, dar in dr alten Salzer-Fabrik wuhnet. Un wos dos schäbigste an dar Sach war: Mir wur dar Diebstahl in de Schuh geschubn. Von wem, frogt ihr? Nu, vom Pranzer, von menn Blutsbruder. Mit eigne Ohrn hob iech de Lüg gehärt, mit eigne Aagn hob iech gesaah, wie dr Pranzer of miech zeiget. Freiwillig war's net, doss gab iech zu. Dä dr Triechert hielt uns in senn Schuppen gefange.

„Waar hot dos Bajonett?" froget dr Triechert finster. „Raus mit dr Sproch, sinst schloog iech eich Lumpen ze Brei!" „Dr Uwe", soget dr Pranzer, zeiget of miech un tat zufügn: „Dar hot's hier aus'n Schuppen gehult." „Is dos wahr?" „Naa!" soget iech un fing aah ze bibbern. „Na, wart när", zischet mei Gegnieber un fing a, mir menn Arm of'n Buckel ze drehe. „Du singst schu noch!" När hätt' iech mr eher de Zung ogebissen, eh iech wos zugabn hätt', wos iech nie gemacht hob. „Iech bie kaa Dieb, iech mach suwos net, nie, nie..." Meh bracht iech unner Schmerz un Träne net raus.
„Ober du hast dos Bajonett, gab's doch zu", bläket dr Pranzer. „Stimmt dos?" Dr Triechert zog de Schraub noch ewing meh a.
Iech tat nicken, schrie ober voller Wut: „När gemaust hob iech's ne!" Endlich ließ miech dr Folterknacht lus, froget ober, ob iech's zerick gabn wollt.
„Ober när, wenn dr Pranzer zugibt, doss iech kaa Dieb bie, ja doss iech net mol gewusst hob, doss dos Ding geklaut is." Un wall iech wusst, doss aah dr Triechert still sei musst, hob iech unner Träne noch zugefügt. „Sinst schaff iech's zer Pollezei."
Itze kam dr Pranzer an dr Reih. E harter Griff un er tat an dr Angel zappeln. Doch de Folter blieb ne drspart. Is kam nämlich alles ans Licht, dä de Angst soß dan feigen Kerl im Nacken. Seine Tracht Prügel ober tat'r kriegn un die war net von schlachten Eltern. Un iech gab's aah zu, doss iech menn falschen Freind jeden Schloog von Herzen gegönnt hob. Net när, wall Blutsbrüder aah Laad taaln müssen, eher aus Enttäischung un Wut. Paar Tog lang ober hob iech miech drmit beschäftigt, ob mir noch Blutsbrüder sei. Mei Onkel Walter wusst enn Auswaag: „Getrunken hobt ihr's Blut? Dos zählt net. Nooch dreimol pinkeln is alles wieder raus". Un wall dos stimmt, is aah kaa Troppen von menn Blut miet noochn Westen gange, als se ben Pranzer abgehaun sei.

Per Anhalter ins Chaos

Frieh üm sechse wur zen Agriff gebloosen. Dr Aptheker schicket de ganze Korona, die of'n Zwäntzer Marktplatz nei in dan DKW kriechen oder sich of's Motorrod schwinge tat, mit nr letztn Mahnung of de Raas: „Benehmt Euch ordentlich und trinkt nicht wieder soviel!" Drbei zeiget er of senn Gung, unnern Kumpel Henne, dan mr de Spurn von dr gestrigen Abschiedsfeier im Laube Ott senn „Sängerheim" noch asaah kunnt. Hätt'n dr Tschän un iech nei in enn Spiegel gucken könne, do wärn mr salber erschrocken gewaasen, war'n mr doch beede aus dar Kneip erscht frieh eham. Unnern Aptheker sei Gardinenpredigt ging im Geknatter dr Motoren un im fröhlichen Lachen unner. Summer vieresachzig, auf in de Ferien! Canow hieß unner Ziel, Canow am Labussee in Preißen. Zaah Halbstarke macheten sich of de Gacht nooch Sunn, Wasser, Maad un Alkohol. Im DKW F7, dr stolzen Sparbüchs vom Studenten Pani aus Lauter, zwischen Schloofsäck un Campingbeitel neigezwängt, die drei Kaffaaten Tschän, Blues un Mosetta. De RT war mit Henne, dr Roller mit'n Gerbergung un mir bestückt. Ewing später tat e Trabi mit'n Jürgen, senn Bruder Holladrio nebst Kumpel Dobi folgen.

Glei of dr Autobahn ging's gruße Renne lus. Unnern Pani sei Bleifuß war schuld. War'n 's erscht de LKWs, die ubedingt ieberhult waarn musstn, su kame nooch un nooch alle Trabis drzu. Waagn dr Ehre. Fix setztet er senn Cabrio an de Spitz dr Kolonne un brauset mit enn Affenzah drva. „Jaaa, gab Gas!" brüllet sei Mannschaft, de Köpp waagn Fahrtwind nooch vorne gebeugt. Hoffentlich gieht dos gut, tat iech im Stilln baaten, un dacht drbei an enn Ufall, dä itze wur bei unnrer ganzen Kolonne of de Tube gedrickt. Restalkohol macht abn mutig. Ganz uracht hatt' iech net, dä e Fahrer im Normalzustand weß genau, wos er senn Karrn zumuten ka. War's zeerscht de vordere Stußstang, die dr DKW verlieren tat, gob ball de Technik ganz ihrn Geist auf, un dos bei Calau, 25 km nooch Freienhufen. Dr Karrn stand of'n Seitenstraafen, vier bedäpperte Rennfahrer drnabn. „De Kubelwell hot sich fest gefrassen", maanet dr Pani un ließ uns alle unner de Motorhaube gucken. Net när dr Tschän gucket nei wie ne Sau ins Uhrwark, ober grod dar musst senn Senf drzu gabn: „Emende müss mr itze alle ewing schiebn. De Well ward sich schu wieder lusfrassen". Do ober stieg ben Pani de Gall huuch. Wutig knallet er de Haube runner. „Kumm här auf, Tschän, un spinn hier net rüm! Hast ja kenn blassen Schimmer von enn Motor. Naa, dr Abschleppdienst muss har. Do hilft alles nischt!" Lange Gesichter reiüm.

Dr Notruf wur ogesetzt un ball kam dr Wogn vom Service. Wie's dr Pani geahnt hatt', blieb uns de Warkstatt net drspart. Un de Gesichter wurn länger un länger, als dr Maaster in Lübben drkläret, doss hier unner zwee Wochen nischt ze machen wär. Wos blieb dan Rennfahrern annersch iebrig, als dos Ümloden vom Gepäck nei in Trabi un dos Fertigmachen zen Trampen. „Do fahr iech glei wieder eham", maulet dr Dobi un tat ne Flunsch zieh. „Zen Batteln hob iech kaa Talent". Dos ober kunnt iech net verstieh. Mei romantische Ader kam wiedermol zen Zug. „Mach kenn Mist! Steig Du ben Gerbergung of'n Roller. Mir macht's Trampen nischt aus. Iech wollt schu immer mol per Anhalter durch de Walt raasen". Gesogt un geta war aans. Wos ober noch ausgemacht wur: In Fürstenbarg am Bahnhuf, obnds üm zaahne, sollt dr Trabi uns zen Zeltplatz bringe. Dä wu dar richtig log, wusst kaaner zesogn.

Dr Rest von dr Korona brauset ball drva. Fünf Tramps standen an dr Autobahn un tat'n of e Wunner warten. Wos itze alles verbei sauset, ging of kaane Kuhhaut. Un jedes Fahrzeig su gut wie laar. „Spießbürger", zischet dr Pani bies. „Hier könne mir stieh, bis mr Wurzeln schloogn", maulte de Mosetta. „Fünf Mann sei abn ze viel". Do hatt'r Racht. Trotz allen Unkenrufen kam ober doch noch de Erlösung in Gestalt von enn Motorrod. De Mosetta kraxelte drauf. Fix tat iech menn Kumpel noch mei Gitarr ieber de Schulter hänge. Mr hobn unnern Freind erscht spät am annern Tog wiedergesaah. Ball ginge aah dr Blues un dr Tschän of de Raas. Aah de Odyssee von dann drei Trampern wär ne Geschicht wart. Drzähln ober will iech när die vom Pani un mir. Erschtmol war's Glück of unnrer Seit. E LKW hielt a un mir tat'n hinten in enn geschlossenen, finstren Kasten landen. Ganz egal war's uns drbei net, dä dar Wogn hätt' uns Vagabunden waar weß wuhie schleppen könne. Of kenn Fall ober nooch Westberlin. Do kunntn mr sicher sei. Vater Staat wür seine umündigen Kinder net von dr Leine lossen.

Seine bewaffneten Beschützer, de Russen, halfen uns drgegn wetter. Mir standen kaane halbe Stund am Berliner Ring, do tat sich e Armeelaster drbarme. Aah noch aaner von de Sowjets, wu die doch garnet unnre Freinde war'n. Dos haaßt, dr Chrustschow un seine Finsterlinge im ZK, net de aafachen Leit in dan grußen, weiten Land. Waffenbrüder oder Besatzer? Uns war's in dan Moment egal. De Hauptsach war, Canow rücket näher. Wieder soßen mir in nr Blachkist, wurn of Holzbänken hie un har geschmissen un durchgerüttelt. När ging's uns net allaa esu. Ne Handvoll Rotarmisten fuhr miet. Sie zer Schikane in ihre Kasern, mir beede in Urlaub. Drüm tat'n se uns laad, de arme Iwans, un mir hobn aah unnre Casino mit de Machorkas getauscht. Doss iech mr drbei de

Lung raus gehust hob, war fer de Russkis e Gaudi. Schod, doss mr kenn Wodka im Rucksack hatt'n. Hinner su enn Wasserle war'n de Towaritschs har, wie dr Teifel hinner dr Seel'. Se hätt'n uns sinst wos drfür gabn. Iech drgegn stand dozemol meh of Kirsch un Kümmel. Am Obnd, dos hatt' iech mr vürgenomme, wollt iech menn Durscht stilln. Un ze dar feichtfröhlichen Feier hätt' iech die arme Kerle in dan Laster gern eigeloden. In Oranienburg war unnre Raas erschtmol ze End. Von dort ab, ging's när in klenn Schritten vürwärts. Mol fümf, mol zaah Kilometer, ze meest im LKW, doch aah in enn Hänger von dr LPG wurn mr kutschiert. Langsam wur's aah dammrig, de Stroßen wurn laar un de Kraftfahrer vürsichtig. Gut 15 km vür Fürstenbarg war's dann Sense. Alles Handhuuchrecken tat net halfen. Wenn mol wos kam, dann fuhr's verbei. Itze blieb uns niescht annersch iebrig, als de Baa unnern Hintern ze namme. Viel Zeit zen Laafen hatt'n mr net, dä üm zaahne war's Auto bestellt. Von Marschieren, gar Wandern, kunnt kaane Red sei, dä mir sei meh gerannt, als geloffen. Net när de Baa tat'n enn wieh un de Seel' war wund. Zer Aufmunterung wur ab un zu Motorrod gespielt. Mit Brummbrumm fuhr mei Kolleg hinner mir har. Iech hielt de Hand raus. „Wuhie?" tat dr Pani frogn. „Nooch Neustrelitz, zen Bahnhuf!" Iech kunnt mr is Lachen kaum verbeißen. „Geht klar, Steig auf, Kamerad!" Dos war e bleedes Spiel, doch ewing Frohsinn legt aah Kräfte frei.

Mir sei in Fürstenbarg akumme. Sugar pünktlich, wenn aah mit wunde Fiß un fertig bis of de Knochen. Dr Trabi kam, un er brachet uns statt zen Zeltplatz glei in de Dorfkneip. De fahrende Truppe war schu dort. Un se war längst net meh allaane. E grußer Aff soß dan Gaungstacken of'n Kreiz. Ball soß aah bei de Noochzügler aaner dort. Wie iech in dr Nacht zen Zeltplatz un of mei Luftmatratz kumme bie, ka iech net sogn. Totaler Filmriss! Erscht am annern Tog frieh bie iech von enn grußmachtigen Tumult aufgeweckt. E Haufen Camper, Mannsen, Weibsen un Kinner war'n aufmarschiert.

Bei danne tat Empörung pur herrschen! Aamol waagn dan nächtlichen Singe, dann waagn dan Lärm, dar bei dan Chaos entstanden war, bis jeder sei Nast gefunden hatt'. Um zaahne wär strikte Nachtruhe, dos ständ of dan Hinweisschild am Eigang vür'n Zeltplatz. Un ob mr net laasen könnten. „Iech hob kaa Schild gesaah, soget dr Henne un tat mit de Schultern zucken". De Leit zeigten glei zer Schranke am Eigang. När war dort wirklich kaa Schild. De Camper war'n baff. Ieber Nacht wär's verschwunden. Wu's wär, wollt de Obrigkaat von uns wissen. Achselzucken un Koppschütteln of dr ganzen Linie. Erst später hob iech drfahrn, doss dos Schild dr Gerbergung nachts im Sand vergrobn hatt'. Worüm ieberhaupt un an welchen Ort, wusst'r salber nimmeh. Aah dr Pani war sauer. Üm sei neies Zelt ze schone, hatt' er sich nämlich su lang naus ins Freie gelegt, bis dos Drehe in senn Kopp wieder wagg war. Als er drnooch fer Kält bibbernd wieder in sei Nast gekrochen is, do hatt' ne dr Tschän ins Genick gespeit.

Doss unnre Truppe vom Zeltplatz verwiesen wur, ka jeder verstieh. Un mir hatt'n drbei noch Glück, doss uns e Flackel weit ab von jeder menschlichen Behausung zugeteilt wur. Dort un in dr Dorfkneip wur sich 14 Tog lang ausgetobt. Wos drbei su alles passiert is, do drieber soll des Sängers Höflichkaat schweigen.

De ausgefallne Brautnacht

Wie iech wiedermol in enn Haufen alter Fotos gewühlt hob, is mr e Bild vom Pfingstraffen dr FDJ aus'n 66er Gahr in de Händ kumme. Iech saah miech do mit paar Zwäntzern im „Gastmahl des Meeres" in Chamtz sitzen un mr sieht's allen schu an dr Noosenspitz a, doss unnre Fröhlichkaat net aufgesetzt war. Dä mir hatt'n bei dan gelungene Schnappschuss viel Spaß un iech weß aah noch, worüm. War'n mr doch an dan Tog mit zwee hübschen Schnecken ze Mittig in dos Nobelrestaurant eigerückt, üm of'n Putz ze haa. De Zwäntzer FDJ-Natschalniks im Blauhemm wolltn nämlich, wos ze DDR-Zeiten enn Lottogewinn gleich kam, endlich mol Aal assen. War doch waagn dan Rummel üm dos Jugendtraffen ewing Bückdichware in de Regale un su aah dar saltne Fisch of'n Tisch vom Volk gelandet. När hätt'n de Kellner, statt huuchnäsig ze feixen, glei de Bedienungsanleitung mietbringe müssen. Dä de gunge Garde des Proletariats wusst mit dan Fisch niescht azefange un eh iech, dos bürgerliche Relikt in dan Trupp, drzu kam, dos Viech vür alle Aagn zen Noochmachen ze zerlegn, hatt'n de zwee Weibsen aus dr Vorfertigung vom Zwäntzer Meß schu Tatsachen geschaffen. War'n se doch dan Aal nebst Masser un

Gabel mit dr Bockwurschtmethode of'n Leib gerückt. Während aane noch wild versuchen tat, sich ne Scheib ozeschneiden, wos bei dar dicken Schwart kaa lechtes Unnerfange war, tat de annre die Schlang, die ihr drbei vom Taller gerutscht war, aafach in de Hand namme un neibeißen. Mr muss sich abn ze halfen wissen. In enn ober war'n sich beede Maad aanig: Wos ganz besonnersch Leckres is e Räucheraal fei net.

Mir schlachten Kerle hobn gelacht, bis uns is Wasser aus de Aagn geloffen is. Un dr Cäsius, dozemol FDJnik in dr Schuhbud, hot sich drbei glei su verschluckt, doss er dos Stückle Aal, dos'r kunstgeracht nooch Anleitung rausgeschält un genüsslich verzehrt hatt', bei enn Lachanfall wieder raushusten musst. Dr schwarzen Doris, ner feschen, strammen Mad, war sei lautes Getu net när peinlich, se war aah ewing beleidigt. Drüm maanet se finster ze dan Spötter: „Ka'st wetter nischt, als bleed Lachen. Gab bluß net su a, Frank. Wenn iech aah net gewusst hob, wie mr su enn Aal assen tut, su kenn iech miech doch mit su manischen aus, von dan du kaane Ahning hast".

„Un dos wär", froget dr Cäsius siegessicher.

„Zen Beispiel Mädchen. Un von Liebe hast du kenn blassen Schimmer!"

Itze hatt' de Doris de Lacher of ihrer Seit. Doch eh iech itze menn Bericht fortsetz, muss iech eich erscht menn Kumpel Cäsius ewing vürstelln. Sei richtiger Vornam war Frank un agntlich wur dar gunge Ma, Jahrgang 41, lange Zeit unner de Kumpels när Sördschend, dan englischen Ausdruck von Sergeant, genannt. Senn Spitznam hatt'r sich bei dr NVA verdient, dä nooch seiner Lehr war dr Frank fer drei Gahr freiwillig ben Barras gewaasen un mit Dienstgrad Unnerfaldwebel in de Reserve geschickt wurn. Nooch kurzen Gastspiel als Gütekontrolleur in dr Meßbud war dr redegewandte un helle Kopp in dr Schuhbud gelandet, wu er hauptamtlich de Jugend führen sollt. Während dr Spanel im Meßgerätewark ähnliche Kreise zog, war iech als Redakteur von Funk un Betriebszeitung ehrenamtlich zuständig fer de FDJ-Kulturarbit im Ort.

Von unnern ewing ugleichen Dreigestirn hob iech schu im „Aufsteiger" drzählt un doss mr alle Dreie ganz gern mol enn zur Brust namme tat'n, hob iech schu gebeichtet. När gob's aah sinst noch Unnerschiede. Dä is Spanel un iech war'n dozemol net när hinner de Maad har, mir zwee „blaue Gunge" hatt'n aah noch e Fern- un Obndstudium of'n Hals. Mit de Weibsen hatt' dr Frank ober gar nischt am Hut. Un zen Studieren war'r net ze dumm, när ze faul un er war aah Bier un Schnaps ewing ze gut. Su tat ne früh is Aufstieh schwaar falln, wos bis zen nächsten Schluck glei schlachte Laune miet sich bracht. Wall dr FDJnik in settn Zustand mit gequollnen Aagn un polternder Stimm ganz grußkotzig seine Weishaat unner de Massen bringe tat, wur ne vom Schustervolk dr Spitznam Cäsius agehängt. Dar kam nu von dr Boxlegende Casius Clay, später hot sich dar Schwaargewichtler, Mohamed Ali genannt. Doss'r dr Größte wär, hot dar Kerl in jede Kamera gebläkt. Un su is Cäsius am Frank hänge gebliebn, obwuhl iech erscht dacht, sei Spitznam käm von senn Familiennam har, dar ähnlich wie Clay geschriebn wur.

Dos alles zen bessern Verständnis. Drüm ka iech itze wetter von unnrer Frassorgie im „Gastmahl des Meeres" drzähln. Klar, doss dr Cäsius dan Schimpf net of sich sitzen lossen wollt: „Wos, von Maad un Liebe hätt' iech kaane Ahning? Wuhar wollt ihr dos wissen. Ze guter Letzt kimmt's immer of'n Versuch a."

„Feigling!" maanet dr Spanel. „Feigling!" brüllet de ganze Korona un de Doris war de Lauteste von alln. Iech ober soget huhnacket: „Du Putzhauer! Dir müss mr doch erscht aane of'n Bauch binden". Klar, doss iech itze de Lacher of meiner Seit hatt', un wieder war de schwarzhaarige Mad vür Fraad ganz aus'n Haisel. Dos leget sich fix als iech hinzufüget: „Die Sach gieht eich a. Heit obnd wolln mr alle wissen, waar racht hot oder bluß ne Grußgusch is."

Dr Cäsius wur bleich, de Doris ober rut im Gesicht. Drbei war's Madel kaa ubeschriebnes Blatt. Eigeschriebn hatt'n sich drwaagn e paar Mannsen. Wär's annersch gewaasen, hätt' se mit uns kenn Aal verspult. Doss iech mit menn Senf ins Schwarze getroffen hatt', zeiget de Reaktion an unnern Tisch. De Begeisterung schwappet ieber un eh die beed'n Akteure gruß zen Noochdenken kame, wur mit nr Runde rumänischen Cognac de Wette geschlossen. Aans war fer uns klar wie Klusbrieh: Dr bislang ugeküsste Cäsius wür bei dan Hannel is schwaarste Los ziehe, dä bei dr Doris wür Routine ins Spiel kumme. Drüm war's glei unnre Sorg Nummer aans, wie mr an dan Tog verhinnern könnten, doss dr Bräutigam allze tief ins Glos gucken wür. Un aah dos war net uhne eigne Opfer möglich.

Erschtmol sei de gewünschten Trinkerfestspiele ausgefalln. Dr Spanel un iech soßen mit unnern Kumpel bei Vita-Cola un tat'n sulang Aufklärung betreibn, bis uns salber e Gelüstel kam. När dr Doris wur ne Flasch Bulgarengold als Büchsenöffner gestattet. Un is wur aah kaa Eispruch erhubn, als paar Liköre drzu kame. Dä doss sich de hübsche Mad ewing Mut atrinken musst, war eizesaah. Dos ober hätt' aah fer dan Hochzeiter in spe gegolten, när wolltn mr bei dan nischt abrenne lossen. Su wur dar Obnd fer alle e Martyrium.

Halb zaahne sei mr ze unnern Quartier gepilgert. Dos log in nr Schul in Alt-Chamtz un iech war, wos vür unnern Plan racht förderlich war, dr Quartiermaaster von dan Marschblock aus'n Kreis Aue. In dr Direktion von dr Schul war mei Hauptquartier, dorthie wur glei dr Cäsius un dr Spanel als sei Aufpasser beordert, de Doris, se tat drwaagn schu ewing schwanken, hob iech mit nr Luftmatratz un enn Schloofsack ins Lehrmittelzimmer gesteckt. Doss iech is Licht ausknipsen musst, wollt die Mad, doss iech ober de Tür glei zugeschlossen un dan Schlüssel eigesteckt hob, könnt ihr erscht verstieh, wenn iech verrot: Die Mad hing mr schu sehr verliebt am Hals. Dann ober hob iech un paar Gruppenleiter fer ewing Ruhe in dar Schul gesorgt, dä aah is Fußvolk wollt

an dan Obnd of Freiersfüßen gieh. Während iech drbei bis an de Schmarzgrenz of de Baa war, um dr Jugend Wasser ze predigen, hatt'n meine Kumpels gruße Müh, dos beneidenswerte Opfer Cäsius von dan Kasten Bier ozehalten, dan mr schu vürmittigs in de Direktion geschmuggelt hatt'n. „Dar Kasten is när fer uns", war'n Spanel sei Maaning. „Du ka'st diech ball an süßen Früchten laben. Loss uns zen Trost dan Troppen. Oder willst de lieber kneifen? Woll mr ebber tauschen?"
Of dan Hannel wär dr Bräutigam gern eigange. När tat'n beede Blauhemden de Rachning uhne ihrn Wirt, sprach miech, machen. Dä wenn schu getauscht wür, wollt iech drbei sei. Iech bie nämlich aah när e schwacher Mensch. Wall sette Liebschaft an dan Obnd ober e Ding dr Umöglichkaat war – de Jugend wür miech Aufsichtsperson de ganze Nacht of Trapp halten - musst iech of strikte Eihaltung unnrer Wett saah. Su wur nu gegn Mitternacht dr zögerliche Liebhaber ze senn Nast geführt, besser gesogt geschlaaft. Dan hobn richtig de Baa geschlottert, dos ka iech eich sogn. Un geschwitzt vür Aufregung, emende gar fer Angst hot'r aah. Uhne Gnade wur ball dr Jungmann in dan dunkln Raum gestußen un de Tür zugeschlossen. Drnooch hobn mir schlachten Kerle mit de Ohrn an dr Tür gelauscht. Die Geräusche, die mir ober här'n wolltn, sei ausgebliebn. När Krawall gob's soot. Emdene is dr Cäsius an Schrank na gerannt un hatt' gar enn Kartenständer ümgehaa. Bei all dan Krawall hobn mr bluß dan Ruf: „Doris, Doris" vernomme.

Doch eh mr dan Lärm richtig eiordnen kunntn, wur an dr Tür gepocht. Aufmachen, Licht eischalten war is erschte, dan flüchtigen Liebhaber festhalten unnre zweete Handlung. Dar ober war noch immer in Huus un Hemm, när de Haar tat'n ne wie bei enn Leeb vom Kopp wagg stieh. „Iech hab mei Un", soget dr Cäsius, tat of die Mad zeign un soget sachlich: „Entweder schläft die wie e Staa, oder se is vür Angst gestorbn". Letzteres war de Doris zen Glück of kenn Fall, när von enn gesunden Schloof kunntn mr aah net sprachen. Is war dr süße Wein, dar's Ugemach verschuldet hatt'. Dä als mr dos Madel usanft aus'n Schloof gerüttelt hatt'n, üm se an de versprochene Liebesnacht ze erinnern, do huppet se huuch un rannet of'n Abee. Dos Bulgarengold wollt wieder an de Luft. Aus war's itze mit dr Entjungferung vom FDJ Chef aus dr Schuhbud. Dar ober war fruh, wie e Kind unnern Christbaam un is ieber dan Kasten Bier hargefalln, als wär'r grod aus dr Sahara kumme. Am annern Tog war aah sei verordnetes Liebchen glücklich, doss ihr die Iebung drspart gebliebn is.

Liebe Pur in der Natur

Karla hieß mei Moskauer Schatten. Ober zer Kur war iech dort net gewaasen, där zen Urlaub, gebucht bei Jugendtourist im tiefsten Sozialismus. Un wall mei Schatten, de Karla, kaane Tanja oder Olga, schu gar kaane Nina war, do könnt ihr eich denken, doss iech von enn deitschen Schatzel drzähl. Agntlich war die Mad aah net mei Schatten, eher war's ümgedreht un iech war ihrer. War iech doch dozemol noch frei un ledig un kaaner kunnt ne Liebelei mir verübeln. Bei dr Karla war dos annersch. Die tat enn silberne Freundschaftsring an dr linken Hand trogn un war sich aah noch net klar, ob mol meh drauß wür. Im Harbst wür ihr Macker senn Löffel bei dr Fahne ogabn. Do kunnt fei noch viel drzwischen kumme. Un so war dos Madel hie un har gerissen.

Waar itze ebber denkt, de Karla wär e liederliches Weibsen gewaasen, dar irrt sich gewaltig. Wenn do net de Christa, ihre Freindin un Zimmergenossin, gewaasen wär, nie un nimmer hätt' iech's geschafft, die Mad ze enn Seitensprung zer verleiten. Ober is war schu allmeitog esu: Liebe steckt a. Hing doch mei Bettnachbar, dr Rolf, an dr Christa ihrn Rockzippel un dos schu meh als zaah Tog lang. Wenn immer ewing

Freihaat vom Gruppenzwang möglich war, tat'n beede Verliebte sich dünne machen. Fer enn Zugucker is do kaa Platz, aah fer de beste Freindin net. Ober wos macht mr su ganz allaa in enn fremden Land, ganz allaa in su ner grußen Stadt, wie Moskau?

Wos blieb dr Karla annersch iebrig, als sich ne Bekanntschaft ze suchen: Aane of Zeit, abn enn Schatten fern Urlaub. Wie se of miech kumme is, ka iech net sogn. Su eitel bie iech net, doss iech mr eibilden tät, die Mad wär of miech geflugn. Eher hatt' do de Belegung dr Doppelzimmer un mei gutes Verhältnis zen Rolf ne Roll gespielt. Dann stellt mr an enn Flirt aah kaane grußen Asprüch. Doss iech mr als Lochstopper net ze schod war, kaa mr verstieh, wenn mr weß, doss de Karla ne hübsche, fesche Maad war. Ihr Zuckerguschel war wie zen Oschmatzen geschaffen un aah sinst war alles drum un dra an dan Weibsen.

Ganz zefrieden ober kunnt iech trotzdam net sei. Dr Urlaub ging ze End un iech war noch immer ben Straacheln, Kusseln un ewing Grabschen stiehgebliebn. Fer de Katz war mei Batteln, ümmesist mei Balzen. De Karla blieb fest. Is gob drham enn festen Freind. Gegn su e Argument is mr aafach machtlus. Wos dar Sach ober de Krone aufsetzen tat, war de Gelegnhaat. Ja, ihr härt richtig. Fer meh, fahlet de Gelegnhaat, mr ka aah Bett, Kanapee oder Wald drzu sogn. De Betten im Hotel tat'n nämlich ausscheiden. In aaner Etage schliefen alle ledigen Maad, in dr annern de ledigen Mannsen, in dr iebernächsten de Pärchen mit enn Trauschein. Un mitten drinne im jeweiligen Korridor soß de Concierge, su e grimmiger weiblicher Wachhund, dar aufpasset, doss kaaner sei Zimmer verwachseln kunnt. Damen un Herrenbesuche außerhalb vom zugewiesne Bereich, war'n strickt verbuten.

Wos ober enn Wald mit enn waachen Bett aus Muus, emende ne haamliche Wies mit paar dichte Büsch drüm rüm abelangt, do ka'st de in Mokau fei suchen bis de schwarz werst. Iech maan, als völlig fremder Tourist. Doss de Christa un dr Rolf dos salbe Problem hatt'n, könnt ihr eich denken.

Rings üm's Hotel war kaa dunkle Eck ze finden. Do wärn dr Sünd Grenzen gesetzt gewaasen, wenn net manische glückliche Ümständ zammkumme wärn, die do hießen Abschiedsstimmung, Wein, Sekt un Wodka, ne laue romantische Sommernacht, dr Trieb zer Nachahmung un dar mit Wiesen, Baam un Büsch bepflanzte Hügel vür dr Lomonossov- Universität.

Kaa Wunner, doss nooch nr feicht-fröhlichen Abschiedsfeier obnds im Hotel dr grüne Hügel ieber Moskau zwee leichtsinnige un fröhliche Pärchen agezugn hot. Nei in de U-Bahn war aans, mit dr viele hunnert Meter langen Rolltrepp rauffahrn, is annere. Ball standen mr ubn, berührt vom Flair dar grußen Stadt, die ganz vertraamt ze unnern Füßen log. Kaa flackerndes Lichtermeer aus Reklame, kaane bunten Schlange aus Scheinwerfern von de Autokolonne im erleuchteten Meer dr Stroßen. Hier un do e beweglicher Punkt of dan dunklen Gewässer dr Moskwa. Ruhig log Moskau unner uns, weit wagg Hektik un Lärm vom Weltstadtgetriebe. Moskau bei Nacht, wie geschaffen fer Verliebte.

När ne Bank war net ze finden. Emende wurn die obnds eigesammelt: waagn dr Mauserei oder dan Säufern, die in de Ecken standen, sich ober fix aus'n Staab macht'n, wenn de Miliz auftauchet? Dr Teifel mog wissen, worüm! Fakt war, is war zen Hiesetzen nischt aufzetreibn. Bis of de Wiesen. När war's do su hall, wie am Tog. Von waagn Strom sparn! In de Büsch kriechen, wos annersch blieb uns net iebrig. Su hob iech's mit dr Karla gehalten, dr Rolf un de Christa zaah Meter drnabn. Is hot fei net lang gedauert un iech hob gehärt, wie bei dan Pärchen de Sach stand. Mir hot dos machtig Auftrieb gab, dr Karla emende a. Se strecket nämlich de Waffen, dos haaßt, se hielt meine Händ net länger fest.

Fix wur de Nato-Plane ausgebreitet. Fer alle Leit, die drmit nischt afange könne: Iech sprach von enn Sommermantel aus Nylon, enn dozemol när aus'n Westen ze beschaffenden Produkt. De Plane wur of de Ard gelegt, sich draufgesetzt uni s nötige geöffnet. Dos Tor wär aah fix geschossen wurn, wenn – ja wenn es hier net su barbarisch gestunken hätt'. Wos dr Mensch im stillen Örtchen verschwinden lässt, Hund un Katz ober ganz uhne Verstand verstreue, ka enn verliebten Pärchen Verdruss machen. Kaa Wunner, doss uns beed'n de Brunft glei vergange war. Drüm wur ümgezugn, von enn Busch zen annern. Mit enn Streichholz hob iech ne Eck zen Lieben gesucht. Oft vergablich. Haufen of Haufen, von Mensch un Tier. Ja, wenn alle Seitensprüng su ausgieh tätn, hätt'n de Gerichte bluß halb suviel ze tu. Doch war dos Drama noch lang net ze End. Wie soget doch dr Rolf of'n Hamwaag su treffend: „Iech glaab, ihr wart net im siehmten Himmel, sonnern in dr Gaunggrub."

Racht hatt'r. Dä schu im Licht von paar Lampen kunnt iech saah, doss mei Mantel an zwee Stelln mit Kot beschmiert war, beede Schuh drzu. Un doss mit Gros un Blätter su nr Sach net beizekumme war, sieht jeder ei. De Fahrt in dr U-Bahn wur ze enn Martyrium fer miech. När gut, doss mei Russisch mangelhaft war. Su kunnt iech zwar net verstieh, wie sich die Leit ieber dan Gestank ausgelassen hobn, när hobn ihre Gesichter viel verroten. Doss iech in dan Abteil hie un har geloffen bie, de Fahne immer hinner mir har, tat kaum nützen. När mach mol wos annersch.

Dos Ende is fix drzählt. Wall iech, wie kunnt dos bei enn Ma annersch sei, kaa Waschmittel bei mir hatt', hobn die zwee Weibsen in dr Nacht de Nato-Plane geschruppt. De Schuh hob iech in dr Dusche salber geputzt. När dos Wuhie mit dan Rast tat mr grußen Kummer machen. Wollt doch dos Gelump net durchs Sieb vom Abfluss. Mit den Händ musst iech's auflaasen un ins Klo schmeißen. Dr Rolf tat sich ball enn Ast lachen, mir ober war dr Seitensprung vergange. Drüm hob iech mir dozemol geschworn: Sollt iech wiedermol hierhar kumme, treib iech's im Bett un nie meh im Grüne. Salbst of de Gefahr hie, erscht heiraten ze müssen.

Vom Kanoneboot, dos of dr Klippe saß

Mit dr Geschicht, die iech itze drzähl, könnt iech of's Glatteis geroten. Dä de Freihaat, die mir uns im Harbst 89 erkämpft hobn, stößt fix an Grenzen, wenn ihr dr Datenschutz in de Quer kimmt. E manisches Mol greif iech mir an Kopp, wenn iech in dr Zeitung las, wie mr de Opfer durch'n Kakao zieht, de Täter ober gesetzlich in Schutz namme tut. Mir hobn ja alle unnre Schwächen un ewing Drack hot jeder am Stacken. Drüm bie iech schu drfür, doss hier un do mol dr Mantel dr Nächstenliebe iebers Vergangene gelegt werd, när darf de Wahrhaat net of dr Streck bleibn. Wall ober in dan Fall, dan iech itze drzähl, Name Schall un Raach sei, hob iech mir de dichterische Freihaat genomme, se durch Gebilde meiner Phantasie ze ersetzen.

Dr Stierblut war e Kanoneboot, e dunkelrutes drzu. Zwar kunnt iech in dan Mensch net nei gucken, kunnt net wissen, wos echt oder Verstellung war, när wüsst iech kenn Kolleg in dr Redaktion, dar dan Ma fer ne Taub gehalten hätt'. Unner de Falken wur dr stramme Genosse gereiht un jeder, dar enn demokratischeren Sozialismus im Herzen trug – un dodrva gob's e schu e paar Leit bei dr Zeitung - ging ne aus'n Waag, oder er tat sich, wenn er ideologisch wos am Baa hatt', bei dan Finsterling abiedern. Dos gehäret nämlich zer Strategie, üm in dan ruten Stall ieberlabn ze könne. Ben Stierblut zog sette Masche mit nr Eilodung ze enn Bier oder Schnapsle nooch Feierobnd ober aah in dr Dienstzeit. Dä is war längst kaa Geheimnis, doss sich nooch paar Troppen sei kriegerische Laune spürbar entspanne tat. Drüm hatt' miech aah dr Hans am Tog von senn Parteiverfahren, dos ne waagn nr falsch ausgelegten Nuance in enn Artikel gemacht wur, gebaaten, dan Stierblut am Mittig ze enn Drink ins „Pressecafe" ben Rosenhof ze schleppen. Un mei Kolleg, dan iech aah zen Kreis dr mehrdimensionalen Denker zählen durft, war mr obnds sehr dankbar, wall'r␣när mit nr Rüge drva kumme war. Dr linientreue Vasall hätt' nämlich meh gegn Schloof, als gegn de Abweichler kämpfen müssen. Kurz un knapp: Hinner vürgehaltner Hand wur gemunkelt, doss dr Stierblut su an dr Flasch hing, wie heit su e manischer Mensch an dr Nodel.

De durschtige Kahl von dan Ma tat miech ober net halb su sehr stärn, wie sei sturer Betonkopp. Dä mr ka sich mit settn Leiten net normal unnerhalten, net mol ieber Fußball. Reichet doch sei Horizont när bis zen Sparwasser senn Tor gegn de BRD – nie wär's ne eigefalln, dan Name Bundesrepublik ze sprachen - un aah dr FCK stand bei ne im Klassenkampf an vorderschter Front. Schu deswaagn wür mei Schwärme fer de Auer BSG of Lücken in menn Bewusstsein schließen lossen. E Gespräch ieber Bücher verbot sich von salber, dä zen erschtn brauchet dr Kerl net ze wissen, wos in menn Bücherschrank stand, zen annern wur jeder in dr DDR zugelassene Autor aaner Kritik unnerzugn, an dar sich is „Neue Deutschland" un aah de „Freie Presse" ne Scheib oschneiden kunnt. Viel ze euphorisch hatt' iech mol in senn Beisein de „Aula" von Kant gelobt. Do is'r mir fei in de Parade gefahrn. E Zyniker wär dar Autor, e politisch uzuverlässiger Gesell, un is wär meh racht als billig, doss de Studentenzeitung „Forum" dan Abdruck vom Roman „Impressum" unterbrochen hätt'. Iech bie mr aah sicher, doss dr Stierblut bei seiner Maaning gebliebn war, als dr Hermann Kant hochgelobter Präsident vom Schriftstellerverband dr DDR wur. E Mungädl links von dr offiziellen Parteilinie tat sich nämlich ze darer Zeit immer auszohln.

Itze ka mr verstieh, doss iech alles annre als begeistert war, als iech im Friehgahr 1970 dan Auftrog erhielt, mit Redakteur Stierblut ins Grenzgebiet nooch Gutenfürst ze fahrn, üm ne Reportage ieber de Vorbereitung dr Kommunalwahl ze schreibn. Zwar war iech neigierig un hätt' gern gewusst, wie's in dan von dr Außenwalt ogeschirmten Fünfkilometerstraafen su zugieht, annrerseits war doch schu längst bestimmt, wos iech dort saah un här'n durft, un wos net. Un wos iech drieber schreibn müsst, war längst beschlossne Sach: Doss unner dan Bedingunge vom verschärften Klassenkampf un Aach im Aach mit'n Klassenfeind de hunnertprozentige Zustimmung fer de Kandidaten dr Nationalen Front su sicher war, wie's Amen in dr Kirch.

Welches Thema dr Stierblut verfolget, ka iech net sogn, dä dar Ma gehäret ze nr annern Abteilung in dr Redaktion, war kaa Innenpolitiker. Dar Gedanke, doss'r uns als Wachhund zugetaalt war, war net von der Hand ze weisen. Su war iech ze dar Zeit schu paar Mol ins Foodenkreiz ideologischer Geschütze geroten, när wär's viel aafacher gewaasen, doss mir de Stasi e Visum fer'n Aufenthalt im Grenzgebiet verweigert hätt'. Emende ober war'n dr Fotograf, er lenket unnern Schlieten, aah net ganz of dr ruten Linie.

Erinnern ober ka iech miech noch gut an unnre Raas im Wartburg. Vorne ben Fotografen dr Stierblut, drhinner iech, ganz in Gedanken. Dä vom erschtn Kilometer a, riss dos Kanoneboot is Gespräch an sich. Su wur de morgendliche Ausgob unnrer Zeitung, de Aktuelle Kamera, dr Schwarze Kanal un aah is letzte Plenum dr Partei ausgiebig ausgewertet. Dr Fotograf un iech ließen dan Monolog an uns verbei rauschen, uhne e Wort ze erwidern. De Gedanken war'n frei! Un wall dos aah fer meine Noos galten tat, do kunnt iech mir denken, doss dar sich braat machende Geruch, von Bier oder Schnaps, vermischt mit Pfefferminz, vom Stierblut har stamme müsst. Dä waagn seiner Glatze wür Birkenhaarwasser ausscheiden.

Wie mr nu dan Schloogbaam ben Eigang vom Sperrgebiet hinner uns hatt'n, do ließ dr Stierblut an dr Wachsamkaat dr Pollezei kenn guten Fooden: „Habt ihr bemerkt", maanet er entrüstet, „wie lässig die in unsere Ausweise geblickt haben. Nur angeschaut hat der Posten mich, Ausweis un Visum haben den überhaupt nicht interessiert."

„Dar hot dir abn dan guten Genossen un braven Staatsbürger glei an dr Noosenspitz agesaah", musst iech glei ewing lästern. Unner fahrender Fotoreporter lachet kurz, wusst ober aus Erfahrung längst wos gehaun un gestochen war. „Denkst du, dass wir unangemeldet hier hereinschneien? Unser Besuch ist denen längst bekannt. Auch tun wir in Gutenfürst keinen Schritt ohne Beobachtung".

Dan Eidruck kunnt iech ball gewinne. Dä wu iech aah vürsproch, ben Bürgermaaster, ben Ortsvorsitzenden dr Nationalen Front, bei de Kandidaten, immer fühlet iech bohrende Blicke Ubeteiligter of miech gerichtet, von de Kinner of dr Dorfstroß bis hie zer Oma, die mit volln Taschen aus'n Konsum kam. In dan klenn Nast schien dos Misstraun Fremden gegnieber aerzugn wurn sei. Un als iech mit'n LPG-Chef ieber de Falder gange war, do kunnt iech de Ferngläser vom Grenzturm in spürn. Su unner Beobachtung gestellt, hob iech mir aah verkniffen, allze lang in Richtung Franken ze gucken. Jeder Blick zeviel, gar jede Frog zen Grenzzaun un wos drhinner log, tat sich von salber verbieten. Emende könnt er dan Leitn verroten, wie gern iech in enn Zug dort of'n Bahnhof gesassen hätt'. Im Zug, dos möcht iech betone, dä zen iebern Zaun kraxeln fahlet mir dr Mut. Un wie sollt mei Fraa un mei klaaner Gung – er war kaane vier Wochen alt – do drieber kumme.

Wenn iech heit mit meine Enkel im Auto von Sachsen nooch Bayern fahr, do such iech se noch immer, de tödliche Grenz, halt' Ausschau nooch Ieberbleibsel vom Eiserne Vürhang. Un immer, wenn iech enn Wachturm oder enn leeren Straafen in dr Natur saah, fühl iech miech wieder in jene Zeit versetzt. Dos Gefühl sitzt fest in mir drinne. När wenn iech meine Enkel saah, die gedankenlus durch de Walt fahrn, fer die dos e Strich of dr Landkart is, begreif iech dos Wunner vom 9. November 89 un bie wieder dankbar.

An dan Tog in Gutenfürst war suwos meh Traam als Hoffning. Zerick von menn Recherchen soß iech mit'n Fotograf in dr Dorfkneip un tat of'n Stierblut warten. Noochmittigs üm halb dreie wolltn mr uns dort wieder traffen. Doch ging's of halb viere zu un noch immer war von dan Ma nischt ze saah. Dr Wirt zucket mit de Schultern. In dr zwölften Stund hätt'r bei ne ze Mittig gassen un nooch zwee Bierchen wär'r kurz drauf wieder fort. „Und eh ich's vergesse", dr Ma am Tresen tat lächeln un hinzufügn: „Drei doppelte Korn waren auch noch im Spiel". E Alarmsignal war die Auskunft fer miech net. När dr Fotograf tat bedenklich senn Kopp wiegn. Hatt'r doch gesaah, wie unner Kolleg nei in Konsum machet. Da dr Stierblut kaa Raacher war, könnt emende ne Taschenwärmflasch ins Spiel kumme sei.

Als in dr fümftn Stund noch immer kaa Stierblut auftauchet, machet dr Wirt e bedenkliches Gesicht un tat of unnrer Bitte senn ABV arufen. Un mr kunntn's an senn Gesicht olaasen, doss'r fündig wur un aah Grund zer Sorg bestand. „Eurer Kollege befindet sich im Grenzkontrollpunkt und zwar", dr Wirt tat folgende Worte deitlich hervürhebnd, „zwecks Klärung eines Sachverhaltes".

„Das heißt", unner Fotograf schien sich auszekenne: „Genosse Stierblut ist verhaftet!"

Dr Ma hinnern Tresen gob kaa Antwort, zog när de Stirn in Falten.

„Und wir, was machen wir inzwischen?" De Frog vom Fotoreporter war berechtig un trotzdam bleed.

„Abwarten und Tee trinken", gob iech zer Antwort un tat e Bier bestelln. Ob ihr mir's glaabt, oder aah net: Iech war in guter Laune. Dos rute Kanoneboot sitzt im Knast. Ebber gar, wall'r im Verdacht stand, abhaun ze wolln? Dos wär endlich d i e Noochricht fer unner sinst so müdes Blatt: Redakteur Stierblut, Edelgenosse un politischer Scharfrichter, sucht Asyl beim Klassenfeind. Dos alles hob iech mr när in Gedanken ausgemolt, dä bei dan Haufen, dar mir Arbit un Brot gob, war's aah durchaus möglich, doss dr Fotograf zwee bezahlte Ohrn hatt'. Dar ober maanet när trocken: „Ich wette tausend zu eins, selbst wenn er zur Tür reinschneit, gibt's in den nächsten Tagen ein Parteiverfahren."
Dos erschte tat eitraffen, wenn aah mit zwee Stunden Verspätung. De zweete Prophezeiung ging leider net in Erfüllung. Emende war dr Stierblut doch ze wertvoll, wur ieber dan Ma de Kaasglock gestülpt. Da dan gefärchteten Oberst Gehler aus dan in Chamtz asässigen geheime Ministerium war alles möglich. In de Mangel hatt'n se dan Ma ober in Gutenfürst genomme. Dos kunnt mr ne asaah. War'r am Afang dr Rückfahrt noch still un geknickt, su machet'r sich am Ende doch ewing Luft. Bleed wärn de Leit im Dorf. Hätt'n se ne doch agezeicht, wu er sich när an dr frischen Luft ewing ümsaah wollt. Un brutal wärn de Grenzer aah ze ne gewaasen. Se hätt'n ne uhne gruß ze frogn nei in ihrn Jeep gezerrt un ogeliefert. Wos'r alles drbei erlabt hätt', könnt'r als guter Genosse aah uns net drzähln. Erscht als von dr Dienstell in Chamtz de Rückantwort erfolgt wär, wär alles wieder in Butter gewaasen. Sugar entschuldigt hätt' sich dr Major dr Grenztruppe.
„Welche Dienstell hot diech dä rausgehaun?" wollt iech itze glei wissen. Dr Stierblut gob mr kaane Antwort. Er drehet sich när üm un gucket miech lang un finster a. Sei alte revolutionäre Wachsamkaat war wieder wach. Un wall iech net a of ne Klippe auflaafen wollt, hob iech mr sugar is Lächeln verkniffen.

Der Gitarren-Tschän kennt kaa Zuhaus

Am 18. März 1998 is'r von uns gange, dr Tschän, unner guter alter Kamerad. Still, ganz uhne Aufsaah, hot'r seine Aagn fer immer zugemacht, is uns vüraus gange in ne annre un hoffentlich bessere Walt. Als mr is erschte Mol drva härt'n, do log sei Asch schu lang unner fremder Ard of'n Friedhuf in Zwicke. Kaaner von uns alten Kameraden kunnt ne of senn letzten Gang begleiten. Drüm will iech zer Erinnerung mit e paar Sätz paar Blume of dos Grob in dr stillen Wies legn.
Of Rosen gebettet war er nie in senn Labn, dr Tschän. Dä is Schlimmste, wos enn Kind passiern ka, is doch, doss is uhne Voter un Mutter aufwachsen muss. Als dr Tschän 1945 in de Walt nei gucket, do war sei Voter in Kriegsgefangeschaft un als dar später eham kam, do wur de Ehe ball geschieden. Sei Mutter krieget enn neien Libbsten un se machet sich mit dan Afang dr 50er Gahr nieber nooch'n Westen. Dos klaane Gungel blieb in dr Zwänz zerick un kam ze de Grußeltern of'n Anger. Nu war'n fei dr Kurt un sei Fraa gute un rachtschaffne Leit, die mit wahrer Affenliebe an ihrn fast verwaisten Enkel hinge. Se tat'n alles Menschenmögliche üm Voter un Mutter ze drsetzen. Ober Elternliebe lässt sich net drsetzen, kaane Küsse un aah kaane Faunzen. Nooch außen stolz of seine Mutter un de paar Westpackle, nooch inne voller Sehnsucht nooch Nestwärm, wuchs dr Tschän ra, ging acht Gahr in de Schul un tat drnooch ne dreigährige Lehr zen Schaltmechaniker im Zwäntzer Meß hinner sich bringe. Er

war kaa Kirgnlicht, ober erscht racht kaa Dummer. Im Meß, später aah im Elmo in Grinnhaa, wur sei fachliche Arbit aerkannt.

Im Laufe vom 61er Gahr stieß er ze uns, wur Mitglied im Mäcky- Klub. Unnre Truppe war dozemol e Sammelbecken von gunge Leit, die wie besessen hinner dr Musik har war'n. Dos haaßt, hinner de Westschlager. Teenager, die entgegn dr Bevormundung vom Staat, ihrn Stiefel salber machen wolltn. Genau su wie dr Neibert Loth, genannt Haurudi, un iech, dr Uhu, lernet unner Freind von salber is Gitarrnspiel. Aah dr Spitznam kam of sei Konto: Gitarren- Tschän oder aafach Tschän. Drbei tat sei Spitzname of enn Irrtum beruhe. Wall mr im Rauschen von dr Kurzwell viele Liedertexte när udeitlich verstieh kunntn – UKW- Radios un Tonbandgeräte gob's bei unnre Leit noch net – härt'n mir ben Schlager „Der Gitarrentramp kennt kein Zuhaus", statt Tramp dan Name Tschän raus. Geschriebn wur dos afangs Jenn, wie Jenny, gar Jan, bis dr Namensträger a fer alle Mol festlegn tat: „Tschän, gut deitsch un arzgebirgisch drzu!"

Während dr Haurudi un iech unnre erschtn Gitarrn fer när 20 Mark kaafen tat'n – meine zweete Klampfe, de „Kongo- Wumme", su genannt waagn dr aufgemolten Palme, tat ben alten Schlembach in Tholm ganze 35 Märker kosten – war dr Tschän mit ner echten Schlaggitarre fer über 300 Märker ausgerüstet. Sette Klampfen mit elektrischen Tonabnehmer war'n dozemol ne Saltnhaat un dr Tschän tat alle zaah Finger drieber halten. Un iech saah ne noch heit, wie'r mit verbitterten Gesicht uns sei Drama berichten musst, als ne es im Suff mol hieschwarten tat un drbei sei Gitarr enn grußen Riss bekam.

Klar, doss dr Tschän e Mitgründer dr „Meßtreffcombo" un e grußer Zwäntzer Rock'n Roller war. Wos hobn mr net dr Partei- un Staatsmacht zen Trotz fer herrliche Auftritte gehabt: In de Tanzsäle, im Trommler-Park un Arnold-Garten, am Geyrischen Teich oder in dr Zwäntzer Apthek. Waagn dan Spieln von Westschlagern wur dr Tschän un iech aus unnrer Band geschmissen. Doch hielten mr unnern Idolen de Trei, tat'n sugar mit dan Lied „Sing ein Lied little Banjo- Boy" dan Wettbewerb fer Gunge Talente in dr Firma Curt Bauer in Aue gewinne. Un erscht im 63er Gahr, in Horny Smokovice in dr Hohen Tatra, do ging's huuch har. Dort wur unser Duo mit „Hello Mary Lou" gar Sieger bei dr Talente Show im internationalen Jugendlager.

Rock'n Roll war unner Labn, is Partygetümmel unnre Freizeit. Un de Romantik als Tramp war unner Ideal. Goldne Jugendzeit! E manisches Fass Bier wur leer gemacht. Waar zählt de Liter Schnaps un Wein un su manischen starken Rausch? Ganz uhne Auswirkung of's Alter sei de feichten Erlebnisse net gebliebn. Drüm hieß aaner von Tschäns spätern Sprüchen: „Frieher war iech e Gung mit lockigem Haar, heit hob iech bluß am Arsch noch e paar!" Mein Gott, wos hatt' dr Tschän su alles in sich nei geschüttt! Iech saah ne noch heit, wie'r in dr Apthek in senn Rausch ins Lager rannet un dort in enn Pappkarton mit Pumpen fer de Muttermillich speie tat. Unnre Maad musstn ne gute Stund lang de Gläser putzen, un de Kotze von de Regale wischen. Drwall log dr Iebeltäter draußen im Garten, tat sich net zucken. Als mr ne dann mit dr Gießkann ewing erfrischen wolltn, do rief er ganz im Tee: „Schafft mich rei, hier regnt's!"

Oder denkt an de Himmelfahrt, Mitte dr 60er Gahr! Im Wald war's, do tat dr Tschän aus Faulhaat glei vom Birkenwogn schiffen. Er war drbei of de Bank gestiegn, hatt' mit senn Schniebel durch de Zweig gezielt. Wall ober de Pfaar ewing usanft aruckten un dr Tschän net meh trittfest war, do ging dr Kerl plötzlich ieber Bord. Eh mr uns versaah kunntn, war's schu passiert. Ze unnern grußen Schrack ober log dr Tschän net of dr Stroß. Dos Kamel hielt sich fei mit aaner Hand an nr Birke fest, wur wetter geschlaaft. Schmerz loss nooch!

Bei enn Besuch vom Auer „Tanz - Treff", do ging dr Tschän sugar verlorn. Dr Arnold-Ehm, is Günther-Spanel un iech hobn de ganze Nacht halb Aue ogesucht. Ganz uhne Erfolg.

Wie fruh war'n mr ober, als er sich am Tog drauf uhne Blessurn wieder eistelln tat. Er wär of'n Auer Bahnhuf nei in falschen Zug gestiegn un erscht in Schneebarg wieder zu sich kumme. Dortn hätt'r e Taxi genomme un wär eham gefahrn. Wall's ober kaane Bah zwischen Aue un Schneebarg gob, wur seine Version von uns alln bestrieten. Ober do hätt' Ihr in Tschän mol här'n solln. Richtig eigeschnappt war'r.

Dreimol bie iech mit'n Tschän in Urlaub gefahrn. 1962 in Walthersdorf bei Berlin, do tat'n ne e Milchbarfieber un teire Cocktails ploogn, die er grußzügig an paar Miezen vertaaln musst un sich salber eiflößet. Wall ze dar Zeit grod zwangsweise dr Frühling of'n Land eigeführt wur, do geriet de Millichwirtschaft dr DDR in de Krise. 1963, im Jugendlager bei de Slowaken, do ging waagn dr deitschen Delegation im Ort is Flaschenbier aus. Genau esu war's aah 1964 im Dorfgasthuf in Canow. Manische Manie vom Tschän musst unnre Volkswirtschaft durchhalten, agefange vom Braune, iebern Weißen, Kalmus un Kümmel, bis hie ze dan Cinzano-Ersatz, welchem dr Tschän Afang dr 70er Gahr ben Zelten of'n Geyrischen Teich huldigen tat. Do war aus'n Gitarren- e Gotano- Tschän gewurn.

Is war im 65er Gahr, wu sich dr Tschän in unner Truppe rar machen tat. Er war nämlich als Musikus ben Bauer Ernst ins Chaos-Quartett eigetraten. Su ne Band, die gob's när aamol. Mit Schloogzeig, Gitarr, Schifferklavier un Bassgeich macht'n de Zwäntzer Musikanten enn of Volksmusik un Schlager, spielten ober aah wilden Rock'n Roll. Dr Bauer Ernst drzählet nabnbei dan Leiten paar Witze, dodrunner aah politische. Passiern tat ne nischt, dä sei Fraa, de Fanny, hatt' ne gruße Nummer in dr SED. An su nr alten antifaschistischen Kämpferin getrauten sich de Schnüffler net ra.

In Ernst sei Combo war im ganzen Arzgebirg beliebt, när musstn sich de Gäst mit enn Malheur ofinden. Nooch knapp drei Stunden, do spielet nämlich bluß noch dr Ma mit'n Schifferklavier zen Tanz auf. Dr Ernst log mit nr Granat unner senn grußen Bass, de annern bewegten sich im Delirium wie

Aufziehmannle. De Labnserwartung von su enn Musikanten war bei Eintritt in de Combo of fümf Gahr berachnet. Im ersten ging de Stimm flöten, im zweetn setzet is Gehär aus, im drittn macht'n sich de Ehefraa oder de Freindin drva, im viertn gob's paralytische Aussetzer un im letzten Spielgahr tat sich de Laber fer immer verabschieden.

Als dan Kapellmaaster sei Schicksal traffen tat un er im Engelquartett bei Millich un Hunig e neies Engagement atraten durft, do war dr Tschän dreiehalb Gahr drbei gewaasen. Ihr könnt Eich denken, in welcher Verfassung er war. E paar Schnorken aus jener Zeit falln mr ei. Su zen Stichwort Feierteifel. Als unner Kumpel of'n Geyrischen Teich emol e Streichholz na an ne leere Spiritusflasch hielt, do tat er sich bluß de Hand verbrenne. Im Lenkersdorfer Gasthuf, ze Silvester, do ging sei Gesicht in Flamme auf. Er wollt nämlich mit dar bekannten Zirkusnummer als Feierspeier auftraten. Su nahm er enn tiefen Schluck aus dr Flasch mit raane Alkohol – se war gedacht fer de Feierzangenbowle – un hielt ben Ausatme e Streichholz na. Im Nu stand dr arme Kerl in Flamme un när mit Hilfe von ner Ieberdosis Alk kunnt er de Schmerzen von de Verbrennunge ertraa.

Fer e Spielchen war dr Tschän immer ze hobn, mit Skat un Würfeln ging's lus, mit 17 un Viere oder gar Roulette häret's auf. Schu domols ging er volles Risiko, schmiss mit dan Zaster rüm, als hätt'r enn Goldesel im Stall. Un weß dr Knöppel, war wogt, dar gewinnt aah. Kaa Wunner, doss mr alle Mann ben Tschän lange Zeit in dr Kreide standen.

Ober aamol ging dr Schuss nooch hinten lus. Un dos war esu. Wie e jeder von uns, wollt aah dr Tschän aamol im Labn im Lotto gewinne. Leider hot'r is gruße Lus nie gezugn. Ober aane ganze Woch lang, do machet er sich salber die Fraad. Un er tat sich dos Huuchgefühl vom Gewinner mit fremden Zaster beschaffen. Sei Opa war nämlich mit dr Fraa nieber gen Westen gefahrn un hot unnern Tschän knappe 2000 Mark Bares iebergabn. Dodrmit sollt'r de erwartete Rachning vom

Dachdecker bezohln. Su e Betrag war in de 60er Gahr viel Gald un de Versuchung fern Tschän seine Renommiersucht war gruß. Er kunnt net widerstieh. Un su schmiss er wie weiland Gunther Sachs mit de Pfeng när su üm sich. Of Sektrunden fer's ganze Lokal im „Stadtkaffe" un aah im „Roß" kam glei de Volksspeisung in dr „Luther-Eiche".

E ganzes Heer von Schlauchbootfahrern, Neppern un Bauernfänger zog hinner dan „Lottogewinner" har, soff un fraß of fremder Rachning. Iech bie richtig stolz, doss von uns, senn alten Freinden, kaaner drbei gewaasen war. De ganze Herrlichkaat wär wuhl schu in zwee Togn ze End gange, wenn net dr Tschän aah senn Spielteifel hätt' Zucker gabn. Su wur huuch soot gespielt, de Hunnerter wanderten iebern Tisch in dr Kneip, aah de Stub von de Grußaltern wur zer Spielhölle ala Monte Carlo ümfunktioniert. Do hot su e manischer von dan Schlauchern daamisch verlorn un glei dan Rausch vom Tschän üm ne Woch verlängert.

Ober aamol gieht alles ze End. Is Gald war alle un de Grußaltern kame zerick. Dos ganze Elend fiel of dan Pranzer zerick. Zwar trug dr Tschän enn „Goldring" von senn Kumpel Fans am Finger. Dos war die Imitation, die su e Ganove in Polen senn Freind fer 50 Märker aufgehängt hatt'. Fern Afang tat dr Ring unnern Tschän sei Vergehen ewing mildern, dä immerhin 500 Mark in puren Gold war'n in de Aagn von senn zwee Alten sicher agelegt. När als dos Gold oblättern tat, kame de Liegn raus. Jedenfalls musst dr arme Tschän de ganze Summe in Raten von senn Lohn zerick zohln. Ober e Gutes war aah an dan Drama: Of enn Schloog wur dr Tschän zen Bräutigam.

Er nahm sich ne Mad, ne hübsche drzu. Kurz nooch dr Hochzig kam dann e Gungel. Wuhning gob's im Haus von de Grußaltern un dos Glück von dan gunge Paar war komplett. Alles hätt' gut gieh könne, wenn, ja wenn dr Teifel Alkohol net gewaasen wär. Dar ober tat unnern guten Tschän paar Gahr später wieder packen. Sei Ehe ging ball drauf in de Brüch, Fraa un Kinner macheten sich drva. Gut, doss de

Grußmutter ihrn Enkel bis ze ihrn 91 Labnsgahr versorgn kunnt, dä ewing Ordnung braucht dr Mensch.
Ze senn Laad wur de Wende im 89er Gahr kaa Wende in senn Labn. Er verlor de Arbit un aah de Lust drauf. Fer de ABM war sich unner alter Kumpel ze schod. Er verließ sich lieber of'n Dokter un krieget am Ende tatsächlich sei Rente. Itze ober war'n de Kneipen erscht racht sei Haamit, e Spielchen sei aanziger Zeitvertreib. Doss dos dan stärksten Ma ümhaat, sieht jeder ei. Zer Feier von menn 50. Geburtstog hobn mr zwee alte Musikanten unner letztes gemeinsames Konzert gabn. Iech saah ne noch, wie er spät am Obnd, ganz allaa un meh flüsternd, als singend, of dr Gitarr klimpern tat. Dos war sei letzter Auftritt als Musiker.

Im Februar 1995 durftn mei Fraa un iech unnern Tschän is letzte Mol in voller Aktion drlabn. Is war im Hotel "Stadt Zwönitz". Iech hatt' dort obnds enn Termin, wollt ober vürhar wos assen. Wall doch dr Tschän mei alter Kumpel gebliebn war, do hobn mr uns an senn Tisch gesetzt. När war dr Tschän net allaa, is soß e grußer Aff of senn Schultern. Un pranzen tat dar Aff, wie zaah nacksche Neger. Korrekt muss is wuhl zaah nacksche Afrikaner haaßen. Dr Tschän schwamm wieder im Gald. Sei Mutter war gestorbn un hatt' ihrn Gung viele Tausend goldne Eier ins Nast gelegt.

Un wie's net annersch ze erwarten war, gob dr Tschän sei Erbschaft mit volln Händen aus. Is musst net när de teierste Waschmaschin, dr gräßte Fernseher un de modernste Stereoanlage sei, aah de exquisiten Lokalitäten war'n grod gut genug fer dan Krösus. Su spielet dr Tschän an dan Obnd Millionär. Dos Hotel wär itze sei Stammkneip, soget er stolz. Glei wur aah ne Runde bestellt. Doss su e Grappa gallebitter schmeckt, weß jeder. När hätt' Ihr mol saah solln, wie dr Tschän sei Gesicht verziehe tat. Dos war zer Faust geballt. „Äh, brr, pfui Teifel, dos Gelump is viel ze warm". Glei tat er aufgeregt dr Kellnerin winken, wollt sei Getränk zerick gabn.
De Gäst ober war'n schu aufmerksam wurn. Meiner Fraa un mir war dos peinlich un mr hobn unnern Freind viel gute

Worte gabn, bis er von senn Vorhaben oließ. Iech war meh als fruh, als iech endlich ins Konferenzzimmer gerufen wur. Mei Birgit ober musst wuhl oder iebel bleibn. Ihr wollt dr Tschän wos Gutes tu. Se sollt assen un trinken, wos ihr Herz begehrt. Er war richtig bies, doss se immer ablehne tat. Üm su meh ober tat er sich salber eiflößen. Seine Reden wurn lauter un lauter, is Schikanieren vom Personals net ze ertraa. Is ganze Lokal drehet sich üm. Un de Bürgermaastern wär ball vür Scham in de Ard versunken. Endlich kam de Kellnerin na an senn Tisch, ließ dan Krawallheini zer Theke kumme. Dr Chef machet dort net viel Ruß, tat dan Herrn höflich de Tür aufmachen. Trotzdam schieden se in bester Freindschaft.

Armer alter Tschän. Du wür'st sicherlich mit'n Kopp schütteln, wenn de wissen␣tät'st, wos iech mr alles fer Gedanken üm Diech mach. Dä ewing Mitschuld an dan verkorksten Labn gab iech mir salber. Viel meh hätt' mr uns üm Diech kümmern solln, iech un su e manischer von dan alten Freindn. Net jedes Ideal in dr Jugendzeit is tauglich fer's spätere Labn. Unnre Waag musstn sich deswaagn trenne, obwuhl mr allezeit Kumpels gebliebn sei. Dos feichte un fröhliche Jugendlabn war när aane Seit von dr Medaille. Of dar annern standen bei uns gar ball dr Beruf un is Studium. Du wolltest dan Waag net mietgieh. Dei Ziel war de Musik, genug Talent war bei Dir vorhanden. När bist de leider an de falschen Lehrmaaster kumme.

Mir hätt'n diech halten solln. Schu dozemol, ober aah später, als in dr Ehe dunkle Wolken aufgezugn sei. Vielleicht wär mit ewing Kameradschaft, mit unner Hilf, alles noch ins Lot kumme. Viel ze viel hobn mr an uns salber gedacht. Du bist net von allaa ze deine Freinde kumme, dos is wahr. Ober mr hätt'n ze Dir kumme müssen. Schließlich war'n mr aus falsch verstandener Freindschaft zwar stumm ober net blind. När wagggucken war su aafach. Verzeih uns! Du wirst bei uns immer bleibn, in Gedanken un Worten. In guter, doch aah in trauriger Erinnerung: Als Gitarren-Tschän, dar sei wahre Haamit of unnrer Ard net finden kunnt.

Vürsicht am Steuer, dr Karl kimmt!

Agntlich kenn iech dan Karl schu ball zaah Gahr lang. Von Agesicht ze Agesicht verstieht sich, dä vom Name nooch is mr dar Ma schu seit de 80er Gahr bekannt. Dr Karl gehärt nämlich zen Lerbacher Kreis, wos su ne Gesellschaft von Familienforschern is. Sette Leit tue nu im Herz un bei uns im Arzgebirg nooch ihre Ahne suchen. Wenn's gäng, dann runner bis ze Adam un Eva. De Zwäntzer kenne siech denken, doss iech drbei net fahln darf. Dr Karl is e alter Bargma. Richtig von dr Pike auf. Erscht Lehrgung, dann Hauer un Steiger, später, nooch enn Ugelück in su nr Harzer Eisengrub e gewiefter Ingenieur. Seit meh als zaah Gahrn, er war emende grod 60 wurn, schmeckt dan Kumpel dos Brut aus seiner Knappschaftrente. Un wall'r sich net zen alten Eisen zähln wollt, do hot'r agefange, nooch de Vorfahrn ze forschen. Er sucht im Harz, in dr Gegnd üm Lerbach un Clausthal un iech tat ne in unnern Arzgebirg halfen, su üm Edorf un Annebarg rüm. Aah stamme ne Masse Fachartikel iebern Bargbau aus seiner Faader un e manischer Vürtrog wur von Experten als raane Sahne gelobt. Meine Fraa un iech hobn im Juni 2001 im Harz net schlacht gestaunt. Dar müsst mol mit enn echten Wismuter zamm kumme, hob iech mr dozemol gedacht un is hätt' net viel gefahlt, iech hätt' dan Ma nooch Zwäntz eigeloden. Irgendwie ober is mr de Sach aus'n Sinn kumme.

Is könnt fei Gedankeniebertragung gewaasen sei, wall miech dr Karl doch vonne Gahr im Oktober arufen tat. Ins Arzgebirg wollt'r raasen, su üm Weihnachten un Silvester. Un ob dr Herr Bürgermeister halfen könnt, e Quartier ze finden. Von do aus wollt'r seine Touren machen un er wollt miech aah net wetter in Aspruch namme. Ewing Tourismus ka Zwäntz net schoden, dacht iech un bie in de Spur gange. E ganzes Packel Prospekte hob iech kurz drauf dan guten Ma geschickt. Un war sogt's dä? Ben „Grünen Garten" tat's klappen un am 2. Feiertog ze Weihnachten wur dr Karl in dr Kiehhaad erwartet. Un wall iech doch dan Kolleg ewing unner de Arm greifen wollt, do hob iech mir dan Gast glei ze Mittig zen Hoosnbroten eigeloden un aah zwee Ausflüg geplant. Menn Weibel war dos zwar net ganz racht, schu waagn de Enkel, un ewing ausruhe tät ihr aah racht gut. Dä wos gieht uns e fremder Ma, mit dan mr noch per Sie war'n, a. Iech ober bracht dos net fartig.

Is war am Christtog, su üm de dritte Stund vom Noochmittig. Dr Rupprich soß in dr Stub, senn grußen Sack un de Rute nabn sich un ließ sich von de Enkel paar Vaarschle vürsogn. Plötzlich tat's Telefon klingeln. Dr Karl war dra. Senn Weihnachtsgruß hob iech von Herzen erwidert un aah sei Frog, iech sollt mol roten, wu er grod wär, tat miech net erschüttern. Iech kunnt's ja ben besten Willn net wissen. Dr Karl ober lachet un sprooch: „Ich stehe gerade an der schönen Tanne auf dem Markt in Zwönitz". Itze blieb mr doch de Sprooch wagg. Ober is wur noch toller. Er hätt' fer die zwee Tog noch kaa Quartier, ober dos wär null problemo. Am Heilign Obnd im Arzgebirg uhne Quartier? Iech bie aus alln Wolken gefallen.

Verdattert hob iech dan Ma Hilfe agebuten, zer Nut of unner Gästezimmer verwiesen. När gut, doss dr Karl dos Zischen aus dr Küch net här'n un de verzweifelten Faxen von meiner Fraa net saah kunnt. Drüm fiel mr aah e Staa vom Herzen, als dr alte Knappe of mei Prospekt verweisen tat un sich allaa of de Spur machen wollt': „Ich ruf Sie wieder an, Herr Schneider". Do war iech beruhigt, mei Weibel noch lang net. Wu mr doch schu de Kinner un de Enkel ze Gast hatt'n. Un wu iech dan fremden Ma ben Neinerlaa dä hiesetzen wollt'? „Is mir Wurscht!" maanet iech verbissen. „Iech stuß kenn Mensch von dr Türschwell, glei gar net am Heilign Obnd".

Mit enn damischen Gefühl im Bauch hob iech ne Stund später in dr Kirch gesassen un su richtig fruh wollt'n aah all die trauten Weihnachtslieder net ieber meine Lippen. Wieder drham, kurz vür'n Neinerlaa, hob iech dann zen Härer gegriffen un all die Zwäntzer Vermieter agerufen. Uhne Erfolg verstieht sich, wu doch bluß is „Roß" offen un voller Gäst war. Gottseidank tat kurz vür'n Sechseleiten dr Karl salber arufen. Er wär in Aue, käm am 26. frieh nooch Kiehhaad un tät mei Eiladung zen Mittigassen gern anamme. Do fiel mr e Staa vom Herzen. Dr Heilige Obnd war gerettet. Dr Heilige Obnd un aah dr erschte Feiertog! Am zweetn Fasttog fing de Huddelei a. Dä dr Karl kam net, weder nooch Kiehhaad, noch ze mir. Dr Hoosenbroten wur kalt, dr Telefonhärer ober haaß. Alle Hotels un Pensione in Aue hob iech ageklingelt, doch alles fer de Katz. Dr Karl blieb verschwunden. Üm Dreie kam endlich e Aruf. Net vom Karl, ober waagn dan Ma. Ball wär mr is Herz stieh gebliebn. Verkehrspollezei Nürnberg! Ebber gar e Ufall? Naa, gottlob net, ober aufgelaasen hätt'n se menn Gast frieh dort of enn Parkplatz. Is Auto mit nr Delle, dr Karl fast drfrorn un ganz verwerrt.

In ne Klinik wür er eigewiesen un fahrn dürft'r net glei wieder. Dan Besuch solltn mr oschreibn. Un aah dos Fremdenzimmer im „Grünen Garten" wür nimmeh gebraucht. Un ob mr wissen tätn, wie de Pollezei an seine Leit na käme. Die müssten dan Ma eham schaffen. Se hätt'n när enn Zettel mit meiner Adress gefunden. Wall iech ober salber kenn blassen Schimmer hatt', do hob iech dan guten Ma de Adress vom Lerbacher Kreis gabn. Un mei Fraa un iech hobn uns ball in Kopp zerbrochen, wie dä unner Gast su plötzlich nooch Nürnbarg kumme is.

Enn Tog später, e neies Malheuer. Wieder war de Pollezei am Apparat, diesmol die aus Aue. Ob iech enn Karl Müller kenne tät, ob'r itze bei mir drham wär un wie mr ne sinst erreing könnt. Do gäb's enn Pferdehof mit Pension in Alberoda. Dort wär dar Gast am 1. Feiertog noochmittigs of enn Sprung fort un wär bis heit net wieder kumme. När wär dr Koffer dortn gebliebn, mei Visitenkart un de Kreislauftabletten drzu. Irgndwos müsst passiert sei. Emende

45

gar e Verbrachen? Do kunnt iech dan guten Ma beruhigen un hob ne an de Pollezei in Nürnbarg verwiesen. När salber wollt' mr aafach kaa Licht aufgieh. Erscht als iech enn Aruf aus Lerbach krieget, dar ne ganze Reih setter Aussetzer vom Karl seine Autotourn aufzählt, wur mir's ewing haller. Am 28., su üm dreie rüm, do hot's miech dann vom Hocker gehaa. Dr Karl war am Telefon, ober wos viel schlimmer war: Er stand mit senn Auto wieder of'n Markt in Zwäntz. Un ob iech mit ne erschtmol nooch Aue in seine alte Pension fahren könnt. Sei Koffer wär dort. Zwar wüsst er nimmeh, wu die Pension wär. När wenn mr dort ewing rümfahrn tätn, wür er sich bestimmt dra erinnern. Bluß gut, doss iech von dar Sach in Alberoda wusst, dä war weß, wie lang mr in Aue hätt'n rümgondeln müssen. Drüm sei mr aah ball ze dritt mit menn Auto lusgezischt. När musst uns dr Karl drbei sei Odyssee drzähln.

Dos war fei e wunnerliche Geschicht. Wall'r doch am 1. Feiertog när ewing de Gegnd beschnarchen wollt'. Sei daamischer Bordcomputer ober hätt' gehunzt un in dr Dunkelhaat wär er ruckzuck of dr Autobahn gelandet. Un su wär er abn paar lappsche Kilometer wetter gefahrn üm erschtmol ze tanken. Von Alberoda nooch Nünbarg üm ze tanken! Do kunnt iech fei net länger an miech halten un hob die Sach von dr Pollezei drzählt. Ober do hatt' iech vielleicht in e Wespennast gestochen. Kenn guten Fooden ließ dr Karl an dan „dummen Bullen" in Nürnbarg.

Von Freihaatsberaubung war de Red un aah von enn uverschaamten Doktor in nr Klinik. Is Grundgesetz hätt'r dan beed'n unner dr Noos gehalten. Von waagn Führerschein ogabn! Die könnten sich ne Pfeif abrenne, wenn'r wieder drham wär. Wu er doch enn guten Anwalt an dr Hand hätt'. Mei Fraa ober gucket miech när gruß a. Zweifel am Karl senn Gemahr war'n meh als agebracht. Dä e ganzer lieber langer Tog tat ben Karl in senn Bericht fahln.

Üm's kurz ze machen. Mr hobn dan Koffer gehult, sei durch Zwäntz kutschiert un hobn e neies Quartier gesucht.

Iech vorne wagg, dr Karl mit meiner Fraa hinnerhar. Un wall dr Karl in dr Dunkelhaat schlacht saah kunnt un ieber alle Bordstaa un Randstraafen gegaacht is, do hot mei Weibel daamische Angst ausstieh müssen. Uns beed'n is e Staa vom Herzen gefalln, wie mr dan Gast endlich obnds im „Gerberstüb'l" ins Nast gebracht hatt'n. Am annern Tog frieh, sei mr von dort aus wieder gestartet, sei mit menn Wogn nach Annebarg hie ze St. Annen, war'n im Arzgebirgsmuseum, im „Frohnauer Hammer, sugar im Stolln „Himmlisches Heer." Is war e schiener Ausflug. Su um halb viere rüm, wur dr Karl am „Gerberstüb'l" ogesetzt. Üm sechse wollt' mr ne ohuln un in de Brauerei assen gieh.

Mei Fraa machet drham glei zen Haarmachen ins Bod. Iech ober hob drwall of'n Kanapee e Natzerle gemacht. Ne halbe Stund später musst iech waagn enn Bimmeln aufhuppen, bie na ans Telefon. Wieder war dr Karl dra. In Alterle wär'r, ständ mit senn Auto an nr Tankstell, wüsst ober net eham. Wos blieb uns wetter iebrig: Nischt wie hie, de Fraa mit nassen Haarn, iech mit Wut im Bauch. När als mr dan Ma dann aufgelaasen hatt'n un dar uns sei Geschick beichten tat, do war'n mr meh als när fruh, doss'r net wieder in Nürnbarg gelandet war.

Dä dr Karl tat putziges Zeig drzähln. Er wollt' när hie ze seiner Pension fahrn, hätt' ober dan Waag net gefunne. In Alterle an dr Tankstell wär'r dann zen stieh kumme. Mei Fraa un iech hobn gruße Aagn gemacht. Wu mr ne doch salber an seiner Pension ogesetzt hobn un de Haustür, mit dan Fass, net ze iebersaah gewaasen war. Un sei Auto hätt' doch seit gestern vür dar Kneip gestanden. Dr Karl zucket bluß mit de Schultern. Er kunnt's sich salber net drklärn.

När mit guten Zureden hob iech drnooch mei Fraa wieder ins Auto vom Karl gebracht. Mit guten Grund. Iech hob's im Rückspiegel gesaah. Entweder fuhr dr Ma mitten of dr Stroß oder su knapp an de Baam verbei, doss mir's himmelangst wur. Ne Kolonne hupender Autos hinnerhar. Meine gute Birgit war kaasweiß, als se in Zwäntz aus dan Karrn krabbeln kunnt. När dr Karl war ubn auf un tat maane, mir Ossis wärn abn noch net an settn grußen Verkehr gewähnt. Do hob iech mr menn Taal gedacht.

Am annern Tog sei mir Mannsen nooch Edorf hie zen Sauberg un in dan Zinn-Schacht eigefahrn. Zer Verstärkung hatt' iech meine zwee Gunge un aah menn Tom senn Schwiegervoter miet. Dos is nu e alter Wismuter un sicher is sicher. Un wall dr Karl ben Eikleiden glei mit enn Fuß nei in dan Ärmel von dar Kombi gestiegn is, net allaa wieder raus kam, do wur'r vorne un hinten mit Argusaagn bewacht. Doss'r fei ja net verlorn gieh kaa. När als mr dann im Schacht unnerwaags war'n, do hätt' Ihr dan alten Kumpel mol saah mögn. Dar machet de Fahrten rauf un runner, wie e gunger Hirsch. Un drzähln tat'r, doss dan Führer de Spucke wagg bleibn musst. Hier unten im Schacht war'r in senn Element un brauchet kenn Führerschein.

Fer de Hamraas ober war dar nötig. Un aah ne gute Portion Glück drzu. Mir hobn unnern Gast sicher bis na an de Autobahn gebracht. E kurzes Winken, dann tat dr alte Knappe drva brausen. Doss'r dodrbei ieber ne Verkehrsinsel gescheppert is, hot uns ieberhaupt net gejuckt. In ganzen Tog lang hobn mr uruhig of enn Aruf aus Bamberg gewartet, wu doch dr Karl bei nr Bekannten schloofen wollt'. Ümmesist. Erscht am annern Obnd kam de Erlösung. Dr Karl war wieder drham.

Er hätt' sich zwar wieder ewing verfahrn, maanet dr Uglücksrabe, wall'r doch of aamol in München gewaasen wär. Von dortn ober wär'r glei eham gefahrn. Su richtig lachen kunnt iech fei net. Glei gar net, wu iech doch ieber viele Wochen senn Kampf mit de Behörden verfolgn kunnt. Is ging üm senn Führerschein. Er musst wieder zen Dokter, zer Pollezei, gar zen Gericht. Un nu kimmt's Tollste. Er fährt immer noch Auto. De Advokaten hobn ne rausgehaa. Deswaagn sitz' iech heier ganz uruhig üm menn Christbaam. Dä jeden Moment kaa uverhoffter Besuch kumme.

Dr Bürgermaaster spielt Old Shatterhand

Doss iech von dr Schulzeit a e Fan von Karl May bie, hot siech rümgesprochen. E Blick in menn Bücherschrank verrä's un mei Mitgliedsbuch von darer Gesellschaft mit dan für DDR-Bürger friehen Eitrittsdatum vom 1.1.1990 tut's bestätigen. Schu als Kind wollt' iech Old Shatterhand sei, schu wall dar e Deitscher war. Un dann kunnt'r aah spannende Bücher schreibn un dos wollt' iech ja später aah emol. Dr Winnetou machet mit dan biesen Gangstern net halb su viel Faaderlaasen, wos mir aah sehr gut gefiel, weil ne Kugel, e Masserstich un e Hieb mit'n Tomahowk de Walt von enn Schurken fix befreie tat, während se ben Old Schatterhand waagn dan seiner Menschenliebe noch lange Uhaal stiften knnt'n. Deswaagn war nämlich dr Nastler-Pet in meiner Kinnerzeit mei Freind, dä dar tat aah net all ze lang fackeln.

Als iech im Sommer 1990 su aus dr Lameng zen Bürgermaaster gewählt wurn bie, do war Menschlichkaat öberstes Gebut, ober aah ewing Durchgreifen nötig. Ze darer Zeit war dr Dietze Artur mei Winnetou, dar war aah meh fer's Erschießen, ze mindest fer dan Erich Mielke un seine Bonzen bei dr Stasi un im Politbüro. In dr Zwäntz wollt'r ewing milder vürgieh. „Wenn mr an de Macht kumme, schmeißen mr se alle aus'n Rothaus, vom Bürgermaaster bis hie zer Kehrfraa", war sei Slogan im Wahlkampf. Dos wollt' iech, dar eigne Erfahrunge mit'n Berufsverbot sammeln durft, nu gerode net, när profitiert hob ich durch su ne Drohung schu: Alle tat'n siech schloogartig bei dr Arbit damisch astrenge.

Als 1990 dr Wilde Westen nooch Zwäntz kam, iech maan de Kriminalität, do hätt'n de zwee Putzöberschten im Rothaus gern wie Old Shatterhand un Winnetou in de Spur gieh dürfen, dä de Pollezei im griene Trikot dr DDR war meh als ieberfordert. Waar ober schnell Kariere machen wollt' oder ewing Drack am Stasi-Stacken hatt', tat ewing meh, als de neien Gesetze es vorschriebn. Su war's aah bei dan Ieberfall dr Truppe aus dan Zirkuswogn am Hundesportplatz. De Händler von Schuhzeig un Klamotten schrien im Rothaus üm Hilfe, de Pollezei hob waagn dr Gesetze beede Händ un deswaagn sollt is Rothaus de Diebe vertreibn. Mei Winnetou wollt' de Bande aafach ausraichern un suchet schu paar Mannsen fer de Bürgerwehr, bis iech of dan Eifall kam, mit dr Sperrung dr Zufahrt ze drohe. Su is es Schlimmste verhinnert wurn. De Mauser macht'n bei de Schatzenstaa Quartier un stürmten uagefochten Alterle un annre Naster in dr Ümgegnd. E Sieg vom Rechtsstaat war mei Handeln net, eher ne Kapitulation.

Ging die Sach mit dan mausenden Weibsen in ihren mit Diebesgut gefüllten Boyröcken fer Zwäntz noch ganz glimpflich o, su hot dr liebe Gott an enn bewusst'n Tog im 90er Gahr unnre Stadt fer grußen Schoden bewahrt. Iech salber war net drbei, war in Schleife bei Weißwasser zen Studium. Doch wos dozemol passiert, oder sollt iech lieber sogn, net passiert war, is schnell drzählt. Begonne hot dos Drama mit enn Besuch von nr linken Truppe in enn Russenjeep, die regelmäßig am Samstig Nochmittig of'n Markt Station machet, Fahne, also die von dr DDR un der Sowjetunion, schwenken tat un rute Losunge brüllte. De Zwäntzer, die dos mit asaah musst'n, macht'n fix in grußen Bugn üm die Horde, manische ober tat'n de Fäust in dr Tasch ball'n. De Pollezei hot sich glei aus'n Staab gemacht, wollt' gar net hie här'n, wos sette gunge Hüpfer an dr freiheitlich demokratischen Grundordnung auszesetzen hatt'n. Staatfeindliche Reden war'n dos allemol.

„Dos ka doch net sei, dos sette Rothäute hier in Zwäntz dan Ton agabn, sogeten de Mannsen am Stammtisch vom „Stern". Grod itze, wu mr dan ganzen Schlamassel ausboden müssen, dan ihre Partei un Regierung agerichtet hot. Wenn schu de Pollezei kneift, do sitzen doch itze im Rothaus von uns gewählte Leit, die dan ruten Spuk ruckzuck mol e End machen solltn. Gesogt un geta war aans. Zemol mei Winnetou an dan Tog de Staatsmacht war un schu lang of su ne Gelegnhaat warten tat. Paar tapfer Streiter von seiner DSU war'n fix aufgetrieben un e Schlachtplan gemacht. An dan bewusst'n Samstig soßen deswaagn im Arbeitszimmer vom Artur, de Offiziere, sprich de Gebrüder Mendt un am Stammtisch im „Stern" de Bürgerwehr, bereit zen Eisatz je nooch Lage dr Dinge. Ganz uhne Waffen war Volkes Stimme net, dä mr kunnt ja net wissen ... Dar dicke Schlüsselbund in dr Tasch un de Kett unner dr Gack war zwar när als Nutwehr gedacht, dä geplant war e friedliches ober energisches Vürgieh. Dr Artur sollt mit seine beed'n Offiere of'n Markt gieh, dan Spuk verbieten un of'n Abzug dränge. Doss mr siech im Herzen nooch ner Weigerung, gar of enn Agriff der jungen Garde des Proletariats sehne tat, war verständlich, dä gerüstet war mr ja of alle Fäll.

Üm's glei ze sogn. Mir fiel e Staa vom Herzen, als iech drfuhr, doss an dan Tog dr Besuch dr linksautonomen Kamarilla ins Wasser fiel. Ihr kennt Eich doch sicher vürstelln, wos dodurch dan Agit-Prop-Team drspart gebliebn is, dä wu de Mendt-Brüder mol hie schloogn, do wächst kaa Gros. Noch meh ober wur unnre schiene Stadt vom Uhaal verschunt, dä iech kunnt mr se ausrachne, de Schloogzeiln deitschlandweit: „Rechter bewaffneter Mob prügelt unter Anführung des amtierenden Bürgermeisters wehrlose unbewaffnete und friedliche Demonstranten in der Bergsdtadt Zwönitz".

Wie Ihr an menn bisherigen Geschreibsel saah kunnt, war'n mir dozemol racht uzefrieden mit unnrer Pollezei. Wos sollt mr dä annersch sei, wu doch im 92er Gahr ins Rothaus eigebrochen wur un trotz strenger Vürschriften 20.000 Märker gemaust wurn sei. Jeder Depp kunnt am Tatvürgang drkenne, doss dar oder die Täter genau Bescheid wusstn, wos dan Kreis dr Verdächtigen sehr eischränken tat. När ieberführt wur niemand un dos war net gerod vertrauensbildend unner de Leit vom Rothaus.

Noch gräßer ober wur unner Frust, als e paar Vandalen im Sommer nachts in unner schienes Freibod eigebrochen sei. Net när, üm ins kühle Naß zespringe, dos ka mr noch verstieh, war'n mr doch salber mol gung gewaasen. Dr Hoken an der Sach ober war, doss immer aah paar Blumekästen un Bänk im Wasser logn un deswaagn Gefahr bestand, doss dr Drack de Umwälzanlage matt setzen kunnt. Drei Wochen wür su ne komplette Reinigung unter Schließung im August kosten. Do war Matthai am Letzten. De Pollezei lief Streife, Nacht fer Nacht, suchet nooch Spurn, Tog fer Tog. Doch war'n an de Kübel, die selenruhig wetter im Wasser schaukelten, kaane Fingerabdrück ze finden.

Hilf dir selbst, su hilft dir Gott! Wos annersch blieb uns net iebrig. Drüm hobn mir uns in aaner lauen Sommernacht haamlich, kurz noochn Eitritt dr Dunkelhaat, ins Bod eigeschlossen: dr Bodmaaster, wos dr Barthel-Wern war, dr Weiß-Sieg, dozemal Ordnungsleiter, iech un noch e paar annre mutige Mannsen. Weß dr Knöppel, gegn Mitternacht kam die Bande un nei ins Wasser springe war aans. Dos Hallo von de Nacketeis war ober gruß, als mr mit ihrn Klamotten am Bodrand standen. När viel drauß gemacht hobn se siech net, sonnern sei ruhig ihre Runden wetter geschwomme un selbst de Weibsen hobn siech offen im Evakostüm präsentiert. Un als de Pollezei endlich mit Blaulicht kam, se war von uns informiert wurn, do hot die Meute meh gelacht, als siech gefärchtet. Dä nu war'n de Vandalen of dr sicheren Seit, dä von uns Zwäntzern hätt's ja paar Faunzen gabn könne, von de Ordnungshüter ober drohet kaane Gewalt, dä die wollt'n bluß de Papiere saah. Erscht ham, soget Schramm, dä nu ging e Geschubse uhne gleign lus. „Fassen se mich ja nicht an, ich verlange sofort einen Rechtsanwalt!" Su ne Reaktion war noch is harmluseste, dä kurz drauf log aaner der Beamten im Gros. Es sei aus Versehn pasiert, maanet dr Täter un tat sich lachend entschuldigen. De Pollezei tat's leider akzeptiern. När de Beamten vom Rothaus war'n baff.

Dos war nu aangtlich schu is Ende vom Lied, dä is passieret gruß wetter nischt. Die Bande durft uhne gede Verhaftung eham, aah wenn aaner von de Vandalen lauthals noch zen Abschied gepläkt hatt: „Von Euch Bullenschweinen lasse ich mir nicht die Freiheit rauben!" Kurz un gut, is Rothaus schrieb of viel'n Seiten Papier ne Azeich, ober dos war leider aah alles, wos mr von dar Sach je wieder härt'n.

Hob iech mir bei dar Affaire ne Tätlichkaat noch verkniffen, wär mr ober paar Tog drauf ball de Hand ausgerutscht un dos war su: Bie iech doch mit meiner Fraa an enn Samstig Noochmittig durch'n Austelpark gepilgert, als uns e grußer Deebs ze Ohrn kumme is. Iech dacht, do is wos passiert, hob mei Birgit an de Hand genomme un machet mich of'n Waag zen hinteren Häuschen. Fünf oder sechs Bürschle, ne Handvoll Maad drzu, alle net älter als 14 oder 15, ließ dort gerod de Sau raus. E Feierle im Bungalow tat lustig brenne, von de Bänk fahleten paar Latten. Flaschen flugn durchs Gelände, manische ginge in Scherben, die logn of de Waag verstreit. Jeder dar mich kennt, ward verstieh, dos siech do eigreifen musst. Denkt Ihr ebber, die Bande hot siech wos draus gemacht, von waagn Bürgermaaster? Gelacht hobn se un anner von dan Bürscheln maanet fresch: „Du hast uns hier gar nischt ze sogn" un su ne klaane Büchs, ewing beschwipst war se drzu, tat wos von ihrer Geburtstogsfeier faseln.

Suwos kunnt iech fei net auf miech sitzen lossen, mei Autorität war in Gefahr. Iech schnappet mir dos fresche Bürschel, hobs zwanzig Zentimeter in de Höh un tat's ewing durchschütteln. Mei Fraa war vür Bammel ganz rut im Gesicht, dacht, iech haa zu. Naa, do brauchet se kaane Angst ze hobn, dos war schu alles, un doch hot's gewirkt. Ball war is Feier aus, de Flaschen un Gläser logn im Papierkorb. När ne Azeich musst iech mir verkneifen, war's ja net ausgeschlossen, doss dos Elterntaal von dan Frechdachs, miech waagn ner Tätlichkeit azeign könnt.

Weitaus brenzlicher ober war die Sach, die Ende Oktober 90 of'n Schnepfenberg passieren tat. Inzwischen hot siech's wuhl rümgesprochen, doss mei Fraa un iech, ged's Gahr in darer Zeit draußen in unnrer Hütt wuhne, üm Winterfest ze machen un Briefmarken ze sortiere. Wie nu an enn Obn draußen vürn Haisel dr Wald mächtig rauschet un dr Wind an de Fansterläden rütteln tat, sei mr fix unner de warme Bettdeck geschlüpft, hobn uns sicher wie in Abrahams Schoß gefühlt. Su gegn Mitternacht ober sei mr aufgeschreckt. Gob's doch draußen enn mächtigen Plautz. „Bestimmt hot wiedermol dr Wind dan Fensterloden vom Feststellhalter gerissen", soget iech ruhig zer Fraa un füget drzu: „Bleib när liegn, iech schau glei mol nooch." Un su bie iech aus'n Bett gehuppt, nei in de Pantoffeln gefahrn un of Erkundung gange. Kennt Ihr noochvollziehe, wie iech plötzlich draußen an dr Hecke vom Garten, ober aah im Nachbargrundstück, ne Masse Leit rümhuppen saah. „Bis Du's Rudi?", tat iech rufen, su hieß nämlich unner Nachbar. Doch kaum hatt' iech die bleede Frog raus, do fiel's mir's wie Schuppen von de Aang: Dos sei Eibracher un dan Krach hatt' mei Antenneschüssel gemacht, die se grod vom Fahnemast runnergeruppt hatt'n.

Wie dr Blitz bie iech zer Haustür wieder nei gestürmt, hob mei Luftgewehr geschnappt un durchloden. „Namm fix is Beil, zieh ne Bodmantel drüber un kumm raus", rief iech noch meiner Birgit zu. „Sett'n Halunken muss is Handwark gelegt war'n!" Iech gab's ober zu, besonnersch mutig war iech net, hob iech doch gesaah, doss de Diebe de Baa unnern Hinnern namme tat'n. Do hot ober dr Old Shatterhand senn Henry-Stutzen an de Back genumme, kurz geziehlt un fix geschossen. Ob iech getroffen hatt', ka iech net sogn. Is war ze Dunkel un e Quiekers war in dan Sturm net e här'n. Traffen ober wollt' iech fei of jeden Fall. Stellt Eich mol vür, de Zwäntzer hätt'n ihren Ortschef saah könne, wie dar im Schloofazug e Gewehr in dr Hand un sei Fraa mit dr Hack ieber dr Schulter in darer Nacht of Wache gange sei.

Gottseidank sei uns de Schurken entgange. Am annern Tog stellet de Pollezei fest, dos neun Bungalows aufgebrochen wurn sei. Ne Menge Aziehzeich, Schuh un Decken tat'n fahln, fast alles wertluses Gelump. E Taal von dar Beute log im Wald, dortn muss aah ihr Auto gestanden hobn. Dr Spürhund hatt' die Stell gefunden, de Gangster ober war'n längst ieber alle Barg. Of de Schäden von Tür'n un Fanstern blieb de Versichering sitzen.

Agntlich hätt'n mir zwee nächtlichen Wächter e dickes Lob verdient, von de Gartenfreunde allemol, dä 30 von dan Haisle war'n durch unnre Aufmerksamkaat gerettet. Ober stellt Eich bluß emol vür: Ich hätt' mit menn Schuß enn von dan Dieben e Aach rausgeballert. Dar Skandal wär mei End im Rothaus gewaasen. Emende un zen Glück fahlt mr doch noch viel ze enn richtigen Old Shatterhand, dä dos dar mol enn Fehlschuss getaa hätt', stieht net ben Karl May.

Unner Neinerlaa kimmt in dr Glotze

E besonnersch Licht in dr Kochkunst bie iech nie gewaasen. Im Gegntaal. Iech scheu de Küch un alle Arbit dodrinne, wie dr Teifel is Weihwasser. E aanziges Mol hob iech meiner guten Fraa ben Abwasch geholfen un dos musst iech schwaar büßen. Iech wur nämlich in der Küchenschürz zen Gaudi meiner Enkel fotografiert. Rümhar gezeigt wur dos Bild, als wär iech e saltenes Tier im Zoo. Is mei Hausfraa mol abwesend, zen Beispiel im Krankenhaus, wos Gott sei Dank racht salten passiert, lab iech von Buckwurscht un Pfferminztee, ganz im Sinne meiner viel zu vielen Pfunde. Dos Küchenwunner ist mei Birgit, iech drgegn bie e Fossil der Rückständigkaat in allen Sachen vom Haushalt.

Könnt Ihr Eich mei Ieberraschung vürstell'n, als siech im Harbst 2011 e Team vom MDR malden tat un bei mir an dr Strippe üm Hilfe in Sachen vom Neinerlaa aklopte. „Um Gotteswill'n", stöhnte iech am Batschkastle, „wissen Sie dä net, doss bei uns im Arzgebirg, su e Neinerlaa in uzähligen Varianten gekocht wird un de Auswahl dr Speiesen genauesu ümstritten is, wie de allaa salig machende Religion oder de aanzig richtige Poletik. Un ieberhaupt, wie komme se grod of miech?" Mei Partner am Telefon is üm Antwort net verlagn.

Dä bald muss iech zugabn, e klaa wing vom Brauchtum ze verstieh. Dos siech in menn Buch „Lachen is gesund" in unnrer Mundart ne lustige Geschicht zen Neinerlaa bei uns drham finden tut, wur mir zer Mausefalle. Enn Autor fange, ka mr nämlich mit klaane Eitelkaaten. Su wur aah iech weich, butterweich.

Ne Woch später sitzt er uns gegnieber, dr Ma vom Fernsehen. „Unsere köstliche Heimat", haaßt die Sendung, un ausgestrahlt soll se am Heilign Obnd war, un zwar am Heilign Obnd zweetausendelfe un aah noch life. Do blieb mr glei de Spucke wagg. Doss in unnrer klenn Küch un strikt nooch Rezept gekocht warn soll, will mr grod noch eileuchten. Itze ober kimmt's ganz dick. Am 22.12. woll'n se ze dritt in Zwäntz eirücken, dä de Zurichtung vom Assen sei genauesu uverzichtbar, wie de Atmosphäre am Heilign Christ. „Keine Angst", soget dr Ma, als er in unnre erschrockene Gesichter gucken tat, „um 19 Uhr sind Sie uns wieder los. Auch wir wollen zuhause noch etwas feiern." Itze hüllt' iech miech in Schweigen, ieberlass de Antwort meiner Fraa, die verbissen üm Abmilderung kämpft. Dä doss mir elf Leit waarn, sechs Gruße un fümf Enkelkinner, vom ABC-Schützen bis hie zen Teenager, lässt dr Redakteur net gelten. Un doss die mit dan Drehe verbundne Aufregung de feierliche un gemütliche Stimmung an unnern hächsten Feiertog stärn wür, war dan Ma ganz schnuppe. Dos annzig Erreichbare war ne Bedenkzeit vun aaner Woch.

Itze war Ieberredung gefrogt. Von mir! Viel ze vürschnell hatt iech zugesogt, dä de Zustimmung von meiner Birgit war mr sicher. Wos macht die net alles fer ihr'n Herrn Gemahl. När ihr Preis war aah net ganz uhne. Wos iech viele Gahr lang verhinnern kunnt, sollt passieren: Mei Fraa kriegt ieber Nacht ihre neie, moderne Küch. 30 Gahr hatt' die alte of'n Buckel, fer miech war se su gut wie nei. „Wall de Dich nie drinne aufhälst, trumpft mei Weibel auf. Schwamm drieber!

Meine beed'n Gunge sei viel leichter ze ieberzeug'n. Für die is dos Ganze e Gaudi. När meine Schwiegertöchtern motzen.

Null Bock hobn se of nr öffentlichen Zurschaustellung. Träne fließen, de Allianz gegn ihr'n dominaten Schwiegervoter werd geschmiedet, mei Fraa kriegt schu weiche Knie. När hängt ihr Ja zen Glück an dr neien Küch, dos Pfand gab iech net aus dr Hand. Doss meine zwee Ableger trotzdam afange ze wackeln, hätt iech net im Traam gedacht. När sette gunge Weiber hobn viel meh im Skat, als su e alter Krauter, wie iech. Menn Schnabel musst iech mir fusslich quatschen, aah ne Flunsch ziehe un mei Birgit üm Hilfe baten. Gings bei dar doch üm die schwaar erkämpfte Küch, wos glei meine Schwiegertöchter in Bedrängsnis bracht. E Zugeständnis musst har, aans von dr Kameratruppe. Su wurn aus unnern Heilign Obend zwee Festlichkaaten. Aane am 23.12. fer de Glotze, aane am 24.12 ganz in Familie. Vun Live war nu kaa Red meh.

Zaa Wochen später rücket dos Fernseh'n a. Se filme mei Fraa, wie se de Gans, aane mit 11 Baa ben Meischner-Flaascher in dr Lange Gass hult, menn Gung Tom, wie dar kurz vür Assen mit'n Schneepflug de Zwäntzer Stroßen freihält, se filme aah miech mit de Enkel Til un Christoph un zeig'n, wie mir dreie im Wald uns e schienes Baamel rausschneiden. Doss mr uns aans mit'n Färschter rausgesucht hobn, werd im Film net drzählt. Un ben Aputzen vun dan Baam'l sei aah de Enkelinnen, de Sophie, de Maria un de klaane Elisabeth drbei. Se lachen in de Linse, als wär dos alltäglich. När an de Silberfeeden lässt se mei Fraa net na, die sei nämlich noch DDR-Ware un äußerst knapp. Die neien aus'n Westen würn nischt taagn, maant mei Weibel.

Die Truppe hält de Kamera of de flinken Händ dr Hausfraa: ben Schäl'n dr Kartoffeln, ben Pressen vom Klussack, ben Schneiden vom Gemies. Dos Objektiv ruht of de Gäns, die ausgenomme un zertaalt waarn, of Sellerie- un Rote Beetewurzeln, of Fisch, of Kraitrich un Gewürzzeig. Un gefilmt waarn drbei aah - ihr werd's net glaabn - meie flessigen Schwiegertöchter, die kurz vürhar ben Friseur ze

Gang war'n. Vom Tanz bei dr Anprobe vürn Spiegel will iech gar net erscht reden. Ewing eitel sei die aah.

Zen erschten Mol saah iech - un zwar im Film - wos su nr Hausfraa alles aufgebürdet werd, wenn se getreu nooch Familientradition kochen soll. „Mei Mutter hot siech ogeplogt, de alte gute Haut", schrieb schu Amalie von Elterlein, de Dichterin vom Heilig-Obnd-Lied. Ober schaut Eich die DVD von unnern Assen ruhig mol a. Dr Zeiger an dr Wanduhr tut's verroten: Es is genau Punkt 18 Uhr. Alle elf Leit dr Familie Schneider namme in dr Assdiel Platz. Mit'n erscht'n Laiten dr Glocken vun St. Trinitatis beginnt de Feierlichkaat. Su will is de Tradition. Wos dr Zuschauen ober net drfährt, is, doss unnre Uhr üm meh als aane Stunde zerückgedreht wur. Wenn alle Stromfrasser, wie Kochhard, Kühlschrank, Warmhalteplatt', Christbaam, Schwibbög'n, Lächter un Lichterpuppen in Betrieb sei, drzu drei Scheinwarfer Tageshelle verbreiten, is is fei kaa Wunner, wenn de Elektroanlage im Haus in de Knie gieht. Wall aah dos Auswachseln dr Sicherunge kenn Erfolg brachte, wur fix dr Leßmüller-Hagen ins Haus gehult, üm de Sendung ze retten. Stellt Eich mol vür, doss wär zen Heilign Christ passiert. Net auszedenken!

Namt mr's net iebel, wenn iech net wetter drzähl. Emende hobt Ihr dan Film oder die DVD schu ageguckt oder in menn Buch die Geschicht vom Schneiderschen Neinerlaa längst gelaasen. När vom Besuch vom Fernseh'n will iech wetter berichten. Dos lechte Summen vun dr Kamera ist endlich verstummt. De Leit hobn ihre Arbit vollbracht, de Beleuchtung werd ausgeschaltet un abgebaut. Drei hungrige Mannsen namme am Tisch Platz. Wieder werd dos Neinerlaa aufgetrogn, dä alle Gerichte sei noch in gutem Zustand. Iech denk' nämlich an menn Zucker, de Weibsen an ihre Figur. Bei dan Fernseh-Leitn kimmt's net su drauf a. Wieder freit siech mei Birgit ieber das tüchtige Neischaufeln. Aah dos Lob aus neitralen Munde tut ihr gut. Dä dan Geschmack ihrer mit viel

Liebe hargerichteten Speisen ka de Kamera leider net eifange. Noch net. Uns blebbt de Erinnerung an dan Obnd. Klar, 15 Minuten sei viel ze kurz. Doch am End hot's uns Spaß gemacht. När aans muss iech noch klarstell'n: Ne Entschädigung fer unnern Aufwand, gar e Honorar gob's net. Mir hob uns schu vürhar su ne Frog verbissen, de Fernsehtruppe aah. Gastlichkaat gehärt abn ze de Tugenden vun enn Arzgebirger. Wos uns ober schu gewurmt hot, war die Sach mit der DVD vom MDR, die nämlich ümrahmt von viel'n Liedle, unner Neinerlaa zen Heiling-Obnd zen Inhalt hatt'. Vun wagn Aufführungsrechte un Honorar, is gob net emol ne aanzige DVD fer uns. Mir hätt'n de Vervielfältigung ieberhaupt nie drfahrn, wenn's uns net dr Geißler-Hans verroten hätt. Sogt's salber: Is dos net schäbig? Schmeist dr MDR doch soot Gald zen Fanster naus. Iech denk an de Talk-Runden, wu alle aaner Maaning sei un an de Konzerte von Stars mit dr richtigen Eistellung. Do können de Honorare nett fett genug sei. När bei uns Arzgebirger werd gespart un geknausert, müssen siech Kamerama, Beleuchter un Redakteur bei ihrer Arbit durchfrassen. Uns macht dos nischt aus. Ja, mir tun's gerne, dä sinst tät'n se in dr Glotze␣när huuchdeitsch quasseln un englisch singe.

Seit iech e Ruheständler bie

Ganz aafach ist dos net, wenn iech drklärn soll, wos iech nooch menn Abschied aus'n Berufslabn im 2008er Gahr in Wirklichkaat bie: E Rentner, e Pensionär, e Altbürgermaaster? Rentner bie iech of alle Fäll, dä fer de Zeit vom Lehrgung im Meß bis hie zen Abteilungsleiter in dr Zwäntzer Pappenbud krieg iech ewing Rente. Pensionär bie iech aah, wall fer die 18 Gahr Bürgermaaster ne Pension fällig is. Un wall in unnrer Partnerstadt Heiligenhaus alle aus'n Amt geschiedenen Bürgermaaster of dos Wörtchen „Alt" enn Aspruch hobn, verwendet dos mei Amtsnoochfolger bezüglich meiner Person aah. Wall ober de Leit von annerschwu har mit dan Begriff nischt afange könne, iech drzu ewing eitel bie, su von waagn „Alt", betracht iech mich lieber als Ruheständler un setzt e i. R. hinnern menn alten Berufstitel. Un iech dank menn Herrgott von Herzen, doss dos R. noch immer stieht. Dr Noochrum ka von mir aus noch e bittel warten.

Doch nu ze menn Ruhestand. Ihr könnt Eich sicher vürstelln, wie fruh iech mit meine 65 Gahr war, als setter Zustand endlich erreicht wur, drzu in alln Ehrn. Am 31. Juli 2008 obnds is mr fei ne gruße Last vom Buckel gefalln, verbei dar Kampf un Krampf, de schlooflusen Nächt in 18 Gahrn. Schu am annern Tog sei mr mit unnern Audi, wie seit 1992 ieblich, in Richtung Istrien nei in Urlaub gestartet. När, doss dos diesmol kaa Tarifurlaub war. Richtig gefreit hob iech miech of menn Schweitzer Zeltnachbarn. Tat doch dr Gust, er mog su Mitte 50 gewaasen sei, uns jedesmol frogn, wie lang mr heier bleibn würn. Zwee bis drei Wochen, war mei Antwort bislang gewaasen. Of mei Gegnfrog ober hatt' dr Ruheständler när mit de Schultern gezuckt un gemaant, dos käm of's Watter a. Unner fünf Wochen of kenn Fall. Wie'r miech 2008 frogn tat, do hob iech mit dr Schulter gezuckt. Wisst ihr, wie gut mr dos tat? Kurz un knapp: Noch fünf Wochen sei mr wieder ogedampft. Mei gute Birgit hielt's aafach net länger aus: de Kinner, de Enkel un gar de Gärten, drham un of dr Schnepfe. Iech drgegn, wär noch ne Woch an dr Zelina Laguna gebliebn. Bücher hatt' iech genug an Bord, su an de 40 Stück, fer jeden Tog aans.

De Gahr sei gekumme, de Gahr sei vergange. 12 Gahr lab iech nu schu im Ruhestand, doch ganz frei machen vom alten Amt ka iech miech net. Dos Wohl un Wehe meiner Stadt hot senn Stellenwert behalten, do ka iech aafach in menn Innern net luslossen, bie fer Fraad un Laad in Zwäntz empfänglich. In menn Innern, wuhlbemarkt! Nooch Außen halt' iech miech daamisch zerick, hob aah ka Mandat im Stadtrat oder im Kreis agestrebt, dä jede Zeit brauch ihre eignen Leit. E Zwäntzer Iebervoter wollt' iech im Ruhestand nie sei. Meh als Archer is do net ze gewinne. De Leit von heit müssn eigene Erfahrunge machen, solln stolz auf ihre Siege sei un aus ihrn Niederlogn de richtgen Schlüsse zieh. E Besserwisser stärt meh, als doss er nützt.

Wie iech am erschtn Tog nooch menn Urlaub of's Rothaus gange bie, när üm emol noochn Rachten ze saah, wur mir dr

Abschied von dr „Macht" deitlich vür Aagn geführt. Iech setzet miech nämlich aus alter Gewuhnhaat nei in dan Sessel in dar Sitzgrupp hinnern Schreibtisch. Dos war frieher mei Stammplatz, wos ober kaa Dogma war. Oft war'n meine Besucher ewing schneller, do hob iech miech abn of's Sofa gesetzt. Mei Amtsnoochfolger kannet ober an dan Tog kenn Pardon: Iech wur mir nischt, dir nischt, ümgesezt. Dos Signal hob iech kapiert. Guten Rot gabn un guten Rot anamme, sei nämlich zwee Schuh. Drüm hob iech miech aah ben Streit üm dos vürbildliche Biogasprojekt in Lenkersdorf zerickgehalten, när als uns de Mär von dan viel'n Tonne Trafoeel aufgetischt wur, die in dr Grube dr alten Ziegellei im Gahr 1990 versenkt wurn sei solln, hob iech mei Gusch mol aufgemacht. Do bie iech ober ins Feier geroten, meine zwee Gunge glei miet. Heit, wu die Anlage stieht, de Komposterei saubrer un geruchluser als frieher funktioniert, is dos alles Geschichte. Ober dos alles war zen Beispiel ben Kreiswachsel 1994 oder ben Bau dr Ortsumgehung net annersch. Drüm will iech aah itze dos Kamel net sei, wos dos Gros, dos drieber gewachsen is, wagfrassen tut. Emende lässt miech dr liebe Gott noch ne dritte Chronik von dr Zwäntz schreibn, drmit fei nischt vergassen werd.

Domit fei kaane Zweifel aufkumme, will iech's när deitlich sogn: Iech verstieh miech mit menn Noochfolger, mit'n Triebert Wolfgang, of's Beste. Dos is e kluges Köppel un er hot Zwäntz im Griff. Ieber neie Ideen ka de Stadt net klogn, ieber Fördermittel fer Stroßen, Gewerbe, Sport un Kultur erscht racht net. Emende hätt' iech in dan 12 Gahrn hier un do mol wos annersch gemacht, när ob's besser gewaasen wär, blebbt ugewiss. Itze is abn ne neie Zeit un ob iech mit menn Heragieh meh Erfolg gehabt hätt', bezweifle iech salber. Iech bie nämlich e Mensch zen Afassen, egal ob's gescheite oder aafach Leit sei. Iech kunnt mr in menn Labn de Leit net raussuchen, iech musst mit alln auskumme: als Lausgung, Halbstarker, Arbiter, Agestellter, Journalist un Bürgermaaster. Unnern Volk hob iech miech immer wuhlgefühlt, aah wenn iech manisches biese Wort eistecken musst. Immerhin sogt mr mei Erfahrung, doss es unner aafachen Leitn viel meh gute un hilfsbereite Seel'n gibt, als unner dr Prominenz. Alle Menschen sei abn net gleich. Waar ihre Sprooch sprachen ka, hot aah ihr Herz.

Noch heit red iech oft mit enn freindlichen Ma, dar Tog fer Tog frieh mit senn Hund durch de Stadt zieht, leere Flaschen sammelt un dan Müll dorthie schafft, wu'r hiegehärt. Dos Gald von de Flaschen fließt in sei Musik un die bringt viel'n Leitn Fraad. När ageschwärzt wurn is'r trotzdam of'n Arbeitsamt. Er hätt' seine Einnahme vom Flaschenpfand dort melden müssen. Of su enn Stuss muss erschtmol aaner kumme. Die Leit in den Amt, die kame drauf un hobn glei mit Abschläg gedroht. Drüm hot der Ma senne Sammlung itze eigestellt. Dos Gelump liegt wetter in de Alogn un Seitengräbn rüm un is kaane gute Reklame fer unnre sinst su schiene Zwäntz.Su e Ma weß viel ieber Zwäntz un seine Bürger, emende viel meh, als unner Ordnungsamt. Ober wem interessiert dos schu?

Vür paar Wochen tat iech of dr Stroß ne Fraa traffen, die ganz sehr gedammischt hatt'. Un wall ne frische rute Schmarr an ihrer Stirn leuchten tat, hob iech se aah gefrogt, wu dos passiert wär. „Die hat mir die Dame dort mit dr Handtasch verpasst, wall iech ihr net glei aus'n Waag gange bie. Als erprobter Friedenstifter bie iech zu dar bewussten Dame hie, wollt' de Ursach von dan Streit wissen. „Dos alte Schandmaul hot miech ogerempelt un agegiftet", maanet die Dame, tat ober mit ihrer Zung ewing astußen. Im Innern dacht iech: Is wird wuhl grod ümgedreht gewaasen sei. Ihr's ze sogn hob iech mr net getraut, dä schu bläket dos Weibsen: „Wart när, die kriegt glei nochmol ihr Fett!" Wall se glei wieder lusstürme wollt', hob iech ober se am Arm festgehalten un mit paar lockeren Sprüchen beruhigt.

Iech kannet se nämlich aus meiner Amtszeit. Wall se ab un zu mol e Flaschel brauchet, ging se oft ins Rothaus, um Vürschuss ze batteln. In allergräßter Nut kam se drbei aah ze mir. Zah Euro wollt' se borgn. Do hob iech ihr mit fünfe fix geholfen, aah wenn von dr Rückgob kaa Red' meh war. Of alle Fäll hob iech mit nr klenn Gabe menn Haus un mir dan Frieden gesichert. Mei ahnungsluser Noochfolger wollt' dos net. Natürlich hatt'r Racht. När wur ne von der erzürten Fraa is Hemm un der Schlips zeruppt, ne Azeich bei der Pollezei tat folgen, doch Rauskumme tat nischt. Ben Afassenlassen tun mir Beede uns unnerscheiden.

Do wärn mr glei bei enn annern Thema vom Ruhestand akumme: dr Schreiberei. Dodrmit füll iech nämlich meine Tog aus: von früh üm Achte, bis zen Kaffee halb Viere. E manichsmol ward's aah später. Su, wenn iech grod drinne stack un wenn's, wie mr's su sogt: ewing läfft. Aamol in dr Woch hobn aah de Archive bis nei in Obnd auf. Wos hob iech net alles in settn Uruhestand geschafft: enn Roman, de Mundartbücher vom Bürgermaaster un Gesundlachen, de Chronik von Günsdorf un die von dr Zwäntz in zwee dicke Wälzern un allaa 300 heimatkundliche Beiträg in dr Zwäntzer Stadtzeitung. Do blebbt fei kaa Zeit fer kommunale, parteiliche un persönliche Kämpfe, dä an erschter Stelle stinne mei Brigit, de Kinner un ganz ubn fünf Enkel. Mir Alten war'n gebraucht, könne halfen, wie uns aah geholfen werd. Von dr Fraad, die mr an unnern Noochwuchs hobn ka, will iech garnet erscht reden.

Seit mir „im besten aller Deutschlands" labn - welch Selbstbeweihräucherung dr Poletik- werd ieber Kinner viel geschwatzt un gestrieten, gemacht ober war'n ze wing. Waar nei in de Flimmerkist guckt, dar kimmt eher zen Eidruck, doss dos Labn uhne Kinner viel besser gieht: bei dr Kariere dr Weibsen, ben Kennelerne dr Walt un bei Spaß un Spiel. Itze gilt ne gunge Mutti, die ihrn Kochtopp un ihre Kinner salber betreue will, fer rückständig. Wenn se ober gar gegn de Abtreibung is, werd se als Rachte beschimpft. Of alle Fäll muss iech, dar ewing altmodisch denkt, e Rachter sei. Scheiß drauf! Dos is allemol besserer als im Alter alaa un einsam ze sei. Mr ka nämlich när unner gunge Leit gung bleibn.

Wall mr schu mol bei dr Poletik sei. Emende bie iech mit menn ball achtzig Gahrn ewing senil. Iech kumm mit dar neie Zeit aafach nimmeh miet. Dos Gendern, mr sogt tschendern, bringt miech glei of de Palm. Itze soll's kaane Studenten, när Studierende, kaane Interessenten, sonnern bluß Interesierte gabn, sugar dr liebe Gott kriegt enn Genderstern, dä er kennt emende Ma oder Fraa, ober aah divers sei. Nu kennt mr ieber settn Stuss lachen, un dos machen viele Leit. Ober freit eich när net ze frieh, dä ieber kurz un lang werd's Pflicht. Richtge Wortugeheier, meest noch of Englisch, dos net alle Leit verstieh, schwemme Tog fer Tog Radio, Flimmerkist un su manisches Kaasblättel ins dumme Volk. Dos is zwar in dr Mehrhaat drgegn. När gefrogt soll's of kenn Fall war'n. Von waagn Volksabtimmungen, do könnt ja was rauskumme, wos de Grußköppeten net wolln.

Mit'n „menschengemachten Klimawandel" hob iech aah su mei Problem. Dä de „Mehrhaat von dr Wissenschaft" hot mir bislang net drkärn könne, worüm zen Beispiel 1537 un 1647 ze Weihnachten un in dan 12 Innernächten im Arzgebirg, de Blume of de Wiesen geblüht hobn, su doss de Maad Kränze im Haar trugn. Su oft iech in alte Chroniken guck, find iech lange Perioden von Wärm un Kält. Iech leugne fei net, doss CO^2 ne Rolle spieln ka, när denk iech bei settn religiösen Wahn von Politikern un Kinnern, die itze unnre Erde retten wolln, doss se drbei is Bad mit'n Kind ausschütten. Lange Zeit war iech aah in dan Irrtum verfalln, doss de Zeiten, wu an Deitschlands Wesen de Walt genesen müsst, endlich verbei sei. Irrtum sproch dr Igel un stieg von dr Klosettbürscht. Iech denk do an de Atomkraft, de Migration, de Auslandeisätz von dr Bundeswehr, net zeletzt an de Schulmaasterroll bezüglich dr Demokratie bei annern Völkern.

Do wärn mr aah glei bei Corona akumme. Üm's glei ze sogn: Iech bie ka Corona-Leugner. Hier gieht's um ne schlimme, teilweise gar tödliche Krankhaat. Dr Tod von menn alten Kumpel Holladro hot mir dos deitlich vür Aagn geführt. Drüm bie iech aah stolz of mei Land un sei

Gesundhaatssystem. När wie de Putzöberschten von Schwarz, rot un grie die Sach in Bund, Land un Kommune bewältigt hobn, verdient schu sei gestrichenes Maß an Kritik. Erschtmol wur uns gesogt, Masken tätn nischt bringe. Dozemol hatt'n se nämlich kaane. Iech denk glei an de Zeit zerick, wu's in dr DDR kaane Butter gob un es hieß: Butter sei ugesund. Wie dan de Masken - ugeprüft, dos verstieht sich - ze Millione ieber China ze uns gelange tat'n, aah de Schneiderei in Stadt un Land in de Gäng kam - iech salber tat se im Loden von dr Schlitz-Anja ergattern - do lief uhne Mundschutz nischt meh. Do gob's nu e grußes Handaufhalten von paar Politikern, die fette Provisionen verdiene durften. Danne spielten aah zertifizierte Masken, die mit Gesetzeskraft Pflicht wurn, viel Kohle ins Geschäft. Mir ober brachte dar FFP2-Rummel wunde Ohren, wall die Gummibänder daamisch eischnitten.

Vom Oktober 2020 bis nei in Mai 21 wur is Volk verdonnert, de zweete un dritte Well von dr Pandemie ze brachen, dos hieß Aanzelhannel, Gastronomie, Kultur, Sport, alles zu. Doss in dr Nacht kaaner meh of dr Stroß durft, machet dos Moß erscht voll. Drbei hätt' emende Impfen halfen könne, ober do tat'n de Bürokraten in dr EU de falschen Entscheidunge traffen, do war dr Trump un dr Biden aus'n USA ewing schneller. Un wall de EU dan biesen Putin von de Russen, dan Triumpf mit senn Sputnik V net gönne wollt', musst'n bei uns waagn dr Nichtzulassung von dan Impfstoff wetter Leit starbn. Damit alles im staatlich verordneten Kampf gegn de Pandemie blebbt un jeder sei Maul hält, wurn gar noch de Grundrechte eigeschränkt. Doss dos de Leit net kalt ließ, dos verstieh iech, aah wenn iech ka Querdenker bie. Iech un viele Kritiker denken net quaar, sonnern zerick un aah nooch vorn. Aah iech ka net verstieh, doss de Leit in Bus un Bah eigepfercht wie de Sardine sitzen, ober net nei in de Läden durften. Von dan Schäden, die Kinner erleiden, die se monatelang net in de Schul ließen, will iech garnet erscht reden.

Un doss de Leit in dr Zwäntz of de Stroß gange sei, ka iech aah verstieh. Dos is ihr gutes Racht, aah wenn paar Quatschköpp, die noch im Deutschen Reich labn wolln, ober of Harz IV net verzichten, vornewagg laafen. Bei 100 Leitn, die friedlich durch de Stadt spaziern, braucht's kaane 100, gar 200 Pollezeier. Un wenn mr de Leit net eikesseln wür, üm ihre Personalien waagn Bestrafung festzestelln, gäb's aah kenn Widerstand, braucht's kenn Schloogstock, kaa Pfefferspray, würn kaane Pollezeier un Demonstranten verletzt. Iech denk, iech häret net richtig, als iech im Mai aus'n ARD, ZDF un MDR vernamme musst, doss ne Fraa aus Zwäntz bei su nr Demo enn Pollezeier gebissen hatt'. Obwuhl drbei kaa richtiges Blut geflossen wär, gilt die biese Tat dr Quaardenker viel schlimmer, als brennende Barrikaden, Autos un Müllcontainer am 1. Mai in Berlin un Leipzig Connewitz. Dort sei nämlich de Autonomem oder was siech su nennt, ze Gang.

Is eich schu mol aufgefalln, doss mr seit 20 Gahrn, dan vielzitierten Satz von dr Rosa Luxemburg, wunooch Freihaat immer de Freihaat von Annersdenkenden is, weder in de Medien, noch von dan schwarzen, roten un grienen Regierenden in Bund un Land net meh härt. Aah uhne Corona wurn su nooch un nooch unnre Demokratie de Grenzen aufgezeigt. Unnre Kanzlerin Angela Merkel maant zwar, doss bei uns e jeder sogn ka, wos er denkt, doss mr ober drnooch Widerspruch un Kritik eistecken müsst. Wos mir fahlt, is ober dar Satz, dos kaaner waagn seiner Maaning verfolgt, verurteilt, stigmatisiert un benachteiligt werd. Drüm gehör iech ze dan Leiten, die of Grund ihrer DDR-Erfahrunge sehr sensibel sei.

Su nooch un nooch, glaab iech, dr Ostbeauftragte, dan Zwäntz viele Fördermittel ze verdanken hot, hot schu Racht, wenn'r maant, doss sette Nörgler wie iech, net in dr Demokratie akumme sei, aah net meh akumme war'n. Mit annern Worten: Sette Relikte mit DDR-Erfahrunge müsstn ausstarbn un Platz fer sette Grodausdenker wie er aaner is, machen. Wenn iech su an mei Herzel, menn Blutdruck un Diabetis denk, werd'r wuhl net allzelang meh warten müssen. Su lang ober in menn Oberstübel noch ewing Licht brennt un de Kraft noch langt, ka iech is Denken net oschalten. Mit dr Kraft is dos fei aah su ne Sach. Trof iech doch ulängst menn Schulfreind un Nachwächter i. R. Ditti. Menn Kumpel hot in dan letzten zaah Gahrn de Krakhaat iebel mitgespielt. När fern enn Spaß is dar noch immer gut. Frogt miech dr Gust doch, ob mei Kraft aah esu noochgelassen hätt'. „Ewing", sog iech ze ihm, „markt mr dos mit geden Gahr". „Su gieht mir's aah", soget dr Ditti, dä dozemol, wu iech noch gung war un an ner Schlang vürn Kino hinner nr hübschen Mad stand, do tat siech mei Freudenspeer su aufrichten, dos iech ne mit aaner Hand in dr Huusentasch niederhalten musst." „Un itze? ", wollt' iech wissen. „Itze brauch iech alle zwee Händ!" Wos gäb iech net alles, wenn's mir när aah esu gäng!

De Leich uhne Kopp

Angtlich hobn mr in dr Zwäntz bluß dan Reiter uhne Kopp of'n Ziegnbarg, un dan hot unner Bildhauer Dieter Huch aus Holz geschnitzt, dä dan echten, dar in dr Nacht ganz ugeheierlich spuken soll, sieht mir in dr letzten Zeit racht salten. Trotzdam hätt'n mir itze üm e Haar glei zwee sette Gestalten gehatt, un dos när, weil mir Arzgebirger abn e wing neigierig sei un egal is Neiste wissen wolln, öb's nu stimmt oder aah net. Dos mit dan zweeten Ma uhne Kopp will iech Eich drzähln:

Wie dos heit esu is, sei de Asichten von viel'n Leiten drwaagn ewing wunnerlich wurn. Is gibt ebber sugar sette, die glaabn ernshaft dra, doß mr am schnellsten reich wird, wenn mr mit ner Pistol rümfuchtelt, un siech in aaner Sparkass salber bediene tut. E grußes Risiko is aah net drbei, dä de Leit dort hobn Angst un is passiert su enn Bösewicht ja net drhaufen, wenn se ne erwischen. Deswaagn maust siech jeder Trottel, dar sich fer enn grußen Gangster hält, e Auto un macht enn of Ieberfall. Nu muss ober dos Auto drnooch aah wieder wagg, un do is es is Beste, mr tut's nei in Wald fahrn, domit's verschwindt. Su machet's aah gener, dar vor e paar Togn in Chamtz su ner arme Maad hinner enn Schalter sei schwarzes, scharf gelodenes Scheckbuch zeiget un dodrauf hie kassiern tat. Drnooch machet siech dr Räiber of se zwee Baa un vier gestuhlnen Räder drva. Nu ka es sei, doß ne unnre schiene Waldluft dohierde dan Gangster gefallen hot, oder wollt'r gar seine su sauer verdienten Pfeng im Zwäntzer Einzelhannel ümsetzen, jedenfalls stellet er das Auto benn Grußen Teich of'n Fortswiesenwaag un war'sch lus.

De Pollezeier, die dan Kerl verfolgeten, fanden nu dan Karrn, un wie dos su is, kam e ganzes Hardel von Beamten, üm siech des Ding ewing azegucken, dä es kunnt ja sei, dr Verbracher hätt' se Brieftasch drinne liegnlossen, wos die Sach drwaang erleichtert hätt'. Genau dortn, am Auto, hatt' aah dr Lob, wos aaner von unnre Gachern war, sei Revier. Wie dar nu seine Wildsäu zähln wollt', durft'r dan Waag net hinner gieh un musst bei dr Absperring trat'n bleibn, wu schie ne ganze Hatz Zuschauer rümharstand. Die tat'n alles genau wissen woll'n un frogeten de Pollezeier un aah dan Gacher aus. „Wos is dä hier lus?" De huhe Polleizei soget nischt un desserwaagn tat'n de Leit siech an Lob halten. Dar is ober e richtger Arzgebirger un ewing e hunacketes Luder. Mit aaner tudernsten Miene soget er nu: „Nu wos soll dä do wetter sei? In dan Wogn liegt ne Leich uhne Kopp!" De Pollezeier kunnt'n siech is Lachen schlacht verbeißen, sogeten ober nischt drauf. De Leit ober kunnten ihr Maul net halten: „Wos wird dä noch alles war'n. Is wird ja egal schänner, mr traut siech ball nimmeh vür de Tür. Du Ugelick, du Ugelick, o du Uegelick!" Noch am salben Obnd war'sch rüm. De Leich uhne Kopp wur im ganzen Stadtel bekannt. Miech als Schreiber vom Blaatel tat'n se frogn, worüm iech de Leich net fotografiert hätt', dä wenn schu in dr Niederzwwäntz mol wo Greiliches passieren␣tät, do müsst's aah im Blaatel stieh. Is gob ebber genug Leit, die wollt'n siech glei enn Waffenschein hultn, dä ihre Weiber hätt'n Angst, in Finstern de Hoosen ze füttern. Vielleicht wär glei noch ne Bürgerwehr entanne, wenn dr Bürgermaster net von dr Pollezei dan wahren Sachverhalt drfahrn hätt'.

Wie dodurch dos Geschehen aufgeklärt wur, tat'n se alle lachen un quiecken. Ober sicher gob's bei da nun gen aah lange Gesichter, dä ne Sensatiu is in dr Zwäntz immer willkumme, aah wenn's ne greiliche is. Wie iech ne Lob kenn, ward dar gelacht hobn wie ne Hax, gedes Mol, immer wenn aaner ganz aufgeregt von dr Leich uhne Kopp drzählt hot, die fast de zweete Spukgestalt im Stadtel gewurn wär.

Mei Bekanntschaft mit'n sozialistisch`n Militär

Agefange hot alles ze finstersten Zonezeiten, dä schu ben Studium in Chamtz, dos ze darer Zeit „Karl-Marx-Stadt" hieß, wurn iech fern „Ehrendienst" in der Armee gemustert. Wall iech ze dar Zeit enn tüchtign Ranzen dra hatt', maaneten de zuständigen Genossen, doss iech dodrfür net tauget un in dar Zeit an dr Hochschul arben sollt, wu fer die annern dos „Militärlager" veranstaltet wur. Mir war dos racht, dä war tut sich schu üm suwos reißen.

Wu iech dann agefange hatt' ze arben, in dr Zwäntzer Meßbud, saahn dort de Ruten dos aber annersch. Of amol zählet dar Wisch von dr erschtn Mustering nischt meh. Dr wahre Grund war e annerer: Mei Antwort of die Frog nooch dan Beitritt zer „Partei der Arbeiterklasse" war egal „nee" gewaasen un su ließen sich de Genossen wos eifalln, dä wie saat schie emol der weng agesoffene Zwäntzer Ortsparteinik: „We'mr aah nischt hobn, ober de Macht hobn mer".

Wu er racht hatt', hatt'r racht, un su machet iech im Harbst 1978 lus nooch Bad Salzungen. Dorthie war mr mit dr Bahn enn ganzen Tog unnerwags un dos war a schu e „Gefalln", dan mir de „Kommenisten" tat'n. Ausgeheckt hatt' dos der öberschte Kadergenosse vom Betrieb (dar war net bluß IM, dar war „Führungs-IM") un sei Freind vom Wehrkreiskommando. Dos hieß dann „Diktatur des Proletariats".

Dar stumpfsinnige Verein ze dan iech nu annerthalb Gahr gehär'n sollt, nannet sich „Nationale Volksarmee" der Deutschen Demokratischen Republik, er war abn bluß alles annre als „demokratisch". Im Gegntaal, hier zeiget sich dr wahre Charakter vom allseits geliebten „Arbeiter- und Bauernstaat". Mir saatn bluß „Asche" ze dar Truppe un dar Ausdruck trof dodrauf haargenau zu.

Wenn iech aah eisaah, doss es in aaner Armee net uhne Zuck gieh ka; wie aber de Arber un Bauern in dr sogenannten „Volksarmee" zen Ei gemacht wurn, war ze schlimm. De Genossen Offiziere rissen im Polit-Unnerricht is Maul ieber dan früheren biesen „Militarismus" auf, enn meesten Schwachsinn hatt'n se ober übernomme, „zum Wohle des Volkes" verstieht sich. Dr klaane Soldat sollt zen Warkzeich gemacht war'n, un wenn's sei müsst' aah of seine eigene Leit schießn.

Dodrieber möcht iech ober hier net reden, dä waar salber drbei gewaasen is, weß dos, die annern verstinne miech suwiesu net. Iech mächt när emol fer später festhalten, wie mr dan Loden moralisch unnerhöhlern un sich e klaaweng wehrn kunnt un dodrzu noch de Lacher of seiner Seit hatt'. Natürlich esu, doss mr net in Knast kam, dä im Bestrofen war de „sozialistische" Armee oft gnadenlos.

Mr musst sich schu ewos eifalln lossen, wos Intelligentes, dä dodrmit hattn's de hauptamtlichen Friedensschützer meestentaals net su sehr. Un enn Paregraf fanden se aah net drfür. Freilich wur mr dodurch net zen Widerständler, die war'n rar, ober geknabbert am System hot dos schu, wall viele genauesu dachtn. Wenn alle dan System su in Arsch gekrochen wärn, wie dos itze de Wessis machen, tät dr Honecker ebber heit noch regiern.

Dos Ganze spielet sich meestens bei klenn Sachen ab, agntlich bei ubedeitenden. Waar ober weß, wie su ne Diktatur drauf sog, doss se alles, ober aah wirklich alles bestimme kunnt, dar ka ahne, wie sehr sich de Herrn Genossen argern tat'n, wenn se verarscht wurn. E paar sette salber erlabte Schnorken mächt iech drzähln, aah wenn se lang net vollzählig sei.

Do gob's in dr Panzerjägerabteilung Bad Salzungen enn Hauptmann Brückner, Spitzname „Schwiegermutterbumser". Dar tat esu uauffällig dumme Frogn stelln, doss sugar dr Döfste market, fer wann dar horchet. Dan kunnt mr schu tüchtig argern, wenn mr sette

Wörter soget wie „Landser", oder als Dienstgrad „Obergefreiter", dä dos gob's bluß bei dr Wehrmacht. Dann drkläret er langatmig un ganz gescheit, doss de Landser schu alle tut wärn un de Wehrmacht unnergange wär. Schod drüm, doss mir domols net geahnt hobn, wie schnell aah de feine NVA unnergieh wür, is hot kaane zaah Gahr meh gedauert. In meiner Akte war sette biese Wortwahl sicher enn Eintrog wart, ober mei ganzes Suchen nooch dr Wende war ümesist. War weß, wann die schu agefange hobn, dos Zeich ze verbrenne.

Schlimmer war der Fähnrich Platzer, genannt Bumm. Dos war su aaner, of dan dar Spruch passet „Und ist er noch viel dümmer, zum Fähnrich reicht es immer!" Wenn dar OvD hatt', wur'er zah Zentimeter gräßer un stolzieret ieber dan 96 Meter lange Flur in dr Kasern wie e gackiter Hah. Er tat hier un do rümmeckern un de Leit, die of'n Gang war'n, ze irgndwelgn Rotz astelln.

Iech loff emol mit menn weißen EK-Nachthemm un ner lange Zippelmütz ieber dan Gang un sang lauthals: „Iech wand're ja so gerne..." Der Platzer gucket miech verachtlich a. Wie er nu su de Aagn verdrehet, riss iech de Zippelmütz runner un krähet mit dar bekannten Stimm: „Gun Aamd". Dr Fähnrich wur rut wie ne Pfingstros un verschwand in seiner Bud. Gern hätt'r miech bestroft, doch dann hätt' mr ewing ieber de Mainzelmännchen im ZDF geredt un dos wollt'r nu wieder net, waang dan Fernsehn vom Klassenfeind, wos ne per Befehl ja verbuten war. Doss dar ganze lange Gang derzu tüchtig lachet, braucht wuhl net extra erwähnt war'n.

E anner Mol war'n mr mit unnrer Hungertruppe in Nochten. Dort war dr Spielplatz fer de Asche, alle tat'n rümhar ballern un mit de Karrn durchs Gelände rammeln, damit när ja viel Sprit verkachelt wur.

Meine Kolleegn „Panzerjäger" macheten mit dar 100 mm-Pak in ihre Stellung naus un iech soß vür men Lade-LO un ließ ne Strom arben. Do kam dr dumme Fähnrich un krieget Wut, wall iech esu faulenzen tot. Er pläket miech a un ließ miech enn Wasserwogn un ne Faldküch nabn menn Karrn bewachen. Wie er abhaun tat, dacht iech: „Lack miech am Arsch" un setzet miech wieder nabn mei Auto. Als dann dr Bumm noch aaner Weil' durch de Kiefern geschlichen kam, stand iech auf un latschet hie un har. De Gack war auf, de Knarre hing verkehrtrüm vorm Bauch un es Käppi zeiget mit de Spitzen nooch der Seit. Dann fing iech a ze singe: „Ich bin der Förster vom Silberwald". Dr Platzer wur erscht rut, dann ober knallrut. Er pläket, doss sugar de Wildsai ausreißen tat'n: „Schindler, ich weiß, dass du nicht so blöd bist, wie du tust. Du willst miech nur verarschen!" Un dodermiet hatt'r net ganz uracht. Herzlich ausgelacht hobn ne de ganzen Landser, die ringsrüm stanne, un dos war'n net wing. Dr Genosse Fähnrich verzug sich un ließ miech e ganze Weil' in Ruh. De Lust of noch ne hoheitliche Niederlage war ne erscht mol vergange.

Iech tat a sehr drauf saah, doss mei „militärisches Äußeres" ja net ze vorschriftsmäßig war. Irgndwos kunnt mr do immer machen: Enn Knopp auflossen, a Huusenbaa im Stiefel, is annre drieber trogn un esu fort. Amol hot miech dodrfür sugar e General, dr Genosse Seefeld, ageschnauzt. Bevor dar in de Kasern kam soget dr Spieß ze mir: „Schindler, bleib ja in deiner Ladestation und laß dich nicht seh'n!" Dos ging bis zen Mittigassen. Iech latschet zer Küch un do kam'r, dr Seefeld. Wall'r ja nu werklich enn Dienstgrad hatt', machet iech mei Mannel wie salling dr Schwejk. Dr Rommel wär zefrieden gewasen, dr Seefeld war's net: „Genosse, wie sie grüßen war exakt, aber wie sehn sie denn aus! Ihr Knopf ist auf und ihr Käppi schief." Su ging's noch e Weil' wetter un iech ho miech gewunnert, doss iech net noch e Strof kassiert hob. Bleeder Buckel, damischer! Dr Spieß krieget hinnerhar enn Anschiß, ober dan ging's nischt a, dä dar kunnt dan Goldbertressten aah net leiden.

Annerschmol wieder war „Gefechtsalarm". Mir hobn egal gewusst, wann dar is, dä de „Buckels", su hießen bei uns de Offiziere, wollt'n bei ihrn Bonzen net negativ auffalln.

Diesmol wusst ober kaaner wos un su sei mir bepackt wie de Kameler frieh halb viere nei in Park gerammelt. Dar war zu un finster, un es war aah ka Mensch do. Mir hatt'n de Schnauze voll un hobn gedammicht wos ging. Iech hob miech vor's Tor gestellt un im Ami-Slang gegrölt: „Hier schpricht die amerikanische Army. Please geben sie ihre Waffen ab und empfangen sie Kaugummi!" Alles tät lachen, när in dar Finsternis trot aah aaner vom Stab. Is Urteil hieß: Zwee Wochen Außenrevier! Do kunnt mr frieh vür üm sechse dos Chaos zwischen de Kaserneblöck beraime. Dort sog's aus wie bei de Zigeiner, wie's bei de Sinti un Roma aussieht, weß iech net. Dä jeder sog's als Ehre a, alles was durchs Fanster passet, aah dort nauszehaa. Dr Abfallkübel blieb raa! Dos war zwar Schwachsinn, galt ober als Opposition un wur aah su aufgefaßt. Am schlimmsten war'sch, wenn „Jubeltage" aliegn tat'n. Ebber bei de EKs am Bandmoß-Tog 77 oder 66. Do wur gesoffen, bis is nimmer ging. Alles, aah de Schnaps- un Bierflaschen, flugn naus. Wehe dan, dar do wos drgegn machen wollt'. När paar dumme, griene Leitnants war'n su bescheuert. Aaner huppet zwischen de Kaserneblöck rimhar un pläket: „Sofort aufhören. Schluss mit der Kristallnacht!" Alles tat quieken un dann aah dr Leitnant, dä e Flasch hatt' sei Schlüsselbaa getroffen. Glück hatt'r, doss'r dos Ding net of'n Nischel krieget. Wenn iech dacht, doss gegen su ne verharmlusende schlimme Bezeichnung, die ihren festen Platz im Labn dr Fahne hatt', energisch vürgegange wür, do hatt' iech miech geschnitten.

„Stumpfsinn ist mein Vergnügen", saat egal mei Arbeitskolleg Artur, dar im Krieg bei de Fallschirmjäger war. Iech glaab, do hot'r Racht. E ganz besonnersch fieser Kriepel war dr Stabschef, dr Major Hamann. Dar sogt ze mir egal, iech wär dr „Kopf der EK-Bewegung". Dos war kompletter Bleedsinn, dä meitog war iech fer „Labn un labn lassen". Klaaweng Druck of de „Hüpper" muss zwar sei, ober nischt Gemeines oder Gefahrliches. In Wirklichkeit wur de EK-Bewegung vom System gebraucht, damit sich de Klenn gegnseitig niederhalten tat'n. Viele hobn dos ober net kapiert un su de Arbit von dr Obrigkeit gemacht. Dr feine Hamann ging mir desserwagn of'n Sack, wu'r kunnt. Egal hatt'r was ze gackern un er freiet sich wie e klaaner Gung, wenn'r mir am Sonnobnd Obnd ne Spind ümkippen kunnt. Ausgerachnt dos Arschloch schleimet zwee Wochen für dr Entlassung: "Genosse Schindler, sie haben doch studiert und wir brauchen Reserveoffiziere. Wollen Sie nicht Reserveoffizier werden?" Iech gucket ne treiherzig a un maanet: "Wenn iech mol Offizier waar, dann hächstens bei dr Heilsarmee". Dr Genosse Major schien, als hätt' ne dr Blitz gestraaft. Er wollt' miech degradiern un meine Kollegn im Betrieb informiern, wie iech miech benamme tät. Dar dacht emmende wirklich, iech tät miech dodrieber gräme.

Dos mit dr Degradierung ließ'r sei, dä dodermiet hätt'r salber ne meehsten Arger gehot. In Betrieb schicket er ober enn von seine feine Genossen, die dan Kader-IM haarklaa von meine Verbrachen berichten tat'n. Iech drfuhr dos alles hintenrüm, aah doss se schu wüsstn, wos iech fer aaner wär. När Druckmittel hatt'n se freilich kaans gegn miech, wall iech nischt meh von danne wollt'. Un dass iech in 15 Gahr Maßbud kaamol „Aktivist" wur, kunnt iech verschmarzen.

E klaaner Triumpf war, doss e Gahr später e Zwäntzer ze mir kam un soget, er wär in Bad Salzungen, wu er diene tat, gefreegt wurn: "Sie sind aus Zwönitz. Kennen sie da einen gewissen Schindler?" Dos hot miech sehr gefreit, dä is war sugar bei dan Blödmannern wos hängegebliebn.

War su gut war bei dan Verein wie iech, dar durft aah hinnerhar noch paarmol hie un halfen, ne Sozialismus ze beschützen, „Mit der Waffe in der Hand", wie de bescheuerte Honeckern sogt. Dreimol hatt' iech de Ehre, wubei is letzte Mol wirklich schie war. Dos war dr „Dreiwochenkrieg", dar zeiget, wie nieder unnre ach su starke Republik inzwischen war. Do passieret Zeich, wos vür sechs, siebn Gahrn umöglich gewaasen wär. Lus ging's in Irfersgrü im Vogtland. Mit mir rücketen dort fei paar Zwäntzer ei: dr Groß Helm aus dr Kiehaad, is Göpfert Franzel aus dr Klempnerei vom Meß, dr Brückner Tschuck vom Ümspannwark un noch paar annere Kollegn. In Irfersgrü war e Riesenlager, net när Waffen, aah Fahrzeich, Warkzeich un Ausrüstung, von dar mr in de „sozialistischen Betriebe" när traame kunnt'n. Iech krieget enn Koffer-LO, enn Beifahrer un sollt in Schneebarg in dr Kasern e Faldküch huln. Dort tat'n mir erscht stundenlang rümgammeln, dann ging's wieder Richtung Irfersgrü. Iech war schu paar Gahr kenn LO meh gefahrn un desserwaagn hobn die in Schneebarg seithar e Verkehrsschild winger.

Wu mr durch Rodewisch fuhrn, tat's vorne branzlich riegn. Dr Kolleg maanet, mr müsst'n schu mol rachts rafahrn un als mr de Motorhaub auf hatt'n, qualmet's ganz schen. Do hilft när e Feierlöscher, war mei Gedanke, un mr fanden aah enn im LO-Koffer. Dar war ober in su dicke Folie eigeschwaaßt, mit dar mr hätt' enn Elefant in's Tiefkühlfach legn kenne. Wie mr dan Minimax haußen hatt'n, brannet's in dan Motor schu ziemlich, is Feier wur ober geläscht.

Fahrn ging nimeeh. E grußer, starker Ural hulet uns dann ab, e Fuhre zen Quieken. Mir tat'n lachen, dr Schirrmaaster in Irfersgrü ober net, dä er hatt' wieder enn Karrn winger. Iech krieget enn neie LO. Wall dar ober net nei, sondern schu wing laweed war, sollt ich dan Krieg per Bahnverladung mietmachen, wie dr zuständige Feldpieps maanet. Mir war dos racht, dä Lust hatt' iech suwiesu wie de Sau zen Bockspringe.

Su sei mr mit dr Reichsbahn lusgeeiert Richtung Wittenbarg. Schnaps un Bier hatt' mr soot un is gob allemol enn Spaß, wenn an de Bahnschranken de Spione von de Amis un Engländer aus ihre Jeeps Bilder machen tat'n. Mir hobn uns hiegestellt, dämliche Gesichter gemacht un freindlich gegrüßt wie seinerzeit dr Schwejk. Die Bilder möcht iech gern mol saah. Dos gäb heit noch gruße Gaudi.

Noch drei Togn war'n mr gerod bis Ammendorf kumme, un dos im Frieden un im eigene Land! Is klappet nischt. De

Frasserei war alle un aah is Bier un de Laune von de Resis ging gegn Null. Wall fast alle Offiziere aah Reservisten war'n, hatt' mr kenn grußen Respekt. „Wenn ihr wollt', doss mr wetter mietmachen, dann schafft hurtig was ze frassen ra", wur racht deitlich gepläkt. Nu hatt'n de Jungs Kopparb, dä worüm aah immer, mr hatt'n fer de Ausfahrt jeder ne Kalaschnikow kriegt, wenn aah uhne Mumbeln. Dos war'n Argumente fer uns, dä mr kunnt ja net wissen... Su wusst'n sich de Amateur-Buggels kenn annern Rot, als uns in de Prärie ze schicken, um salber fer Verpflegung ze sorgn. „In zwei Stunden seid ihr wieder da!" Mir macheten lus, urasiert wie dr Kongo-Müller, zerknerbelt un schwaar bewaffnet. Die Weiber in dan KONSUM, wu mir neistürme tat'n, hom gequiekt wie bei enn Banküberfall. Se hom sich när amol gewunnert, wie mr dann aah noch bezohlt hobn, dä dos hatt'n se net geglaabt.

Dann ging's wetter in de Kneip. Dort wur de Kalaschnikow an Gardrobenstänner gehängt un lus ging's. Dr Hunger war gruß un erscht dar Durscht. Is wur gesoffen, bis kaaner meh Durchblick hatt'. Vonverwagn „In zwei Stunden..." Dan Buckels im Zug wur'sch Angst un se hatt'n von irgndwu e „Auflaskommando" mit'n Ural organisiert, wos nu de Genossen Reservisten un vorallm de Waffen wieder eisammeln tat. Dos war bestimmt e „Strafarbeitsverrichtung", dä die Leit musstn sich mit alle Name belegn lassen, die in Brehms Tierleben vürkumme.

Irgndwann sei mr dann akumme. Is war e Art provisorisches Faldlager: e paar ausgemusterte Wogn von dr Schmalspurbah un Tisch un Bänk wie im Schrebergarten. De Frasserei war gewaltig, jeder krieget enn Runks Brut, ne Fischbüchs un als Getränk lauwarme Tee. Alle war'n stinksauer un spukten wie verrickt. Mir sogn aus, als wär mr gerod aus'n Afrika-Krieg kumme. Rasiern kunnt'n mr uns net, mr wollt'n aah net, dä mr hobn uns gefreit, wall mr racht gefahrlich aussogn. Iech nahm nu mei Bajonett un tat e Stück von dan Brut osabeln, dann de Fischbüchs drmit schlachten un fluchet bei dan Frassen, doss dr Paster sich bekreizigt hätt', wenn'r drbei gewaasen wär. Do trot of aamol su e Haselnußbärschel, e Reserve-Leitnant dar zaah Gahr günger war wie iech, vor mir hie un maanet ganz entrüstet: „Aber Genosse, wie essen sie denn!" Iech drehet de Aagn raus, stellet miech im Halbkreis auf un pläket: „Wenn du itze net glei verschwindtest, trat ich dich in Arsch, doss de dich nimmer wiederfindst!" Dr Klaane gucket, als hätt'r ne Leibhaftig'n gesaah, dar dacht wirklich, er wür itze verdroschen. Alles ringsrüm tät gröln un vom Leitnantel war bluß noch e Kondensstraafen ze saah. Mit dr Disziplin in dr sozialistischen Armee war'sch in de achziger Gahr nimmeeh weit har.

Dann sei mr an de Elbe. Alle tat'n ständig of irgndwos warten, rümtrat'n un gammeln. Sonntig Vürmittig soß mr am Ufer un gucketen zu, wie de uniformierten Komiker mit ihre Bugsierboote dan zivilen Schiffsverkehr durchenanner bringe tat'n. Do kam of aamol e Major (e richtiger, wahrscheinlich e Polit) ze mir hie, drücket mir is „Neie Deitschland" in de Hand un sogt strahlend: „Hier, Genosse, haben Sie was zu lesen!" Iech nohm dos „Zentralorgan" un los vür: „Von Westen nähert sich ein Tiefdruckgebiet, das unser Wetter in den nächsten Tagen bestimmt." De Massen kicherten wie de Haxen un dar Buckel verzug sich mit enn ganz biesen Gesicht. Die war'n su bescheuert, doss se wirklich net marken tat'n, wos lus war.

Dann wurn noch dumme Spiele of dr Panzerbahn gemacht. Alles wur drieber gegacht, aah e nagelneier hellblauer W 50 von dr Weinbrennerei Meerane, dan se fer die sinnlose Übing dort reqeriert hatt'n. Dar Karrn fiel üm un wur gehärig verbeult. Dar Fahrer, dan se aah glei miet requeriert hatt'n, musst wie aus'n U-Boot rausklattern. Dar quieket wie ne Sau: „Mir müssen zaah Gahr of su enn Karrn warten un ihr Idioten spielt se hier kaputt, ihr seid bleede!". Kaaner von de Genossen Offiziere trauet sich Widerwort ze gabn, dä die war'n ja a alle aus de Betriebe un wusst'n, wie's dort zuging.

Mit enn 60er SPW wur dar W 50 rausgezugn, doderbei krieget er dann enn Rest. Mr kunnt ne zer GR amalden.

Nu sollt's wieder hamgieh. Wall suviel Autos ze Schrott gefahrn wor'n sei, musst iech mit menn laweden Scheißhaus diesmol per Achse marschiern. Is war ja bluß dr Alasser kaputt un dan brauchet mr bei dar Zuckelei wahrscheinlich net. Iech ho wieder geteebert ieber die Armleichter, do kam in langsame Schritt e Kerl ze mir, dar gefahrlich aussoch wie dr Bud Spencer. Dar war Kraftfahrer im Zwickauer Plattenwark. Er hot mir ober kaane neigehaa, na, er sogt ganz freindlich: "Iech fahr hinner dir har mit'n Krass. Wenn de ahalten musst, schieb iech dich afach a." Su wur's gemacht un dos war dr Grund, doss se in Irfersgrü wieder en LO obschreib'n musstn, dr zweete, dar of mei Konto ging.

Dr Abschlußappell von dan staatlichen Unfug war in Werdau. Mir trat'n halbbesoffen of ner Wies rüm un of enn Hänger, dan se mit enn ruten Fatzen zer Tribüne gemacht hatt'n, laberten paar Grußköppete von der „Verteidigung der Heimat" un vom „Schutz der sozialistischen Errungenschaften". Die war'n vier Gahr später ratzeputz wagg, wall's afach ze viel Leit agekotzt hot.

Dos war mei letzte Begegnung mit'n Militär. E Fraad hatt'n die weßgott net an mir.

Wut hob iech ober heit noch im Bauch wenn iech dra denk, doss von dan elenden Tagesäcken e ganze Hatz in de Bundeswehr vom „Klassenfeind" übernomme wurn sei un heit ne fette Rente kassiern. Doderfür, doss se de Leit gegn dan biesen Westen tüchtig aufgehetzt hobn. Is gieht abn wirklich ugeracht zu, un net när bein Militär.

Zu den Autoren

Uwe Schneider, geboren am 20.10.1943 in Zwickau, verbrachte seine frühen Kindheitsjahre in Bernsbach. Seit 1947 lebt er in der Bergstadt Zwönitz. Nach einem Studium der Journalistik war er ab 1968 als Redakteur für die Tageszeitung Freie Presse tätig. Wegen seiner Haltung zum Prager Frühling geriet er 1971 ins Visier der Staatssicherheit und erhielt Berufs- und Schreibverbot. In der Folge trat er 1972 eine Stelle als Maschinenführer im Dreischichtbetrieb an, war 1974 bis 1979 als Angestellter und Bauleiter tätig sowie von 1980 bis 1990 als Abteilungsleiter Ökonomie. Ab Januar 1990 moderierte er den Runden Tisch in Zwönitz. Vom 1. 6.1990 bis 31.7.2008 war er Bürgermeister von Zwönitz. Von 1962 bis zum Schreibverbot veröffentlichte er Erzählungen und regionalgeschichtliche Beiträge. Seit 1965 widmet er sich der Erforschung der Heimatgeschichte und betreibt genealogische Forschungen. In seiner Amtszeit initiierte er genealogische Forschungen im erzgebirgischen Raum. Er ist Autor zahlreicher Bücher, oftmals in erzgebirgischer Mundart, die zum Teil autobiographischen Charakter tragen. Im Projekte-Verlag Halle erschien 2013 sein erster Roman *Kathi unter Männern*. 2004 wurde ihm der Literaturpreis „Kammweg" des Kulturraumes Erzgebirge und 2014 der Adam-Ries-Sonderpreis für seine genealogischen Forschungen verliehen. Im Juni 2015 publizierte er eine Chronik von Günsdorf, im März 2016 und November 2020 die erste wissenschaftlich-fundierte Darstellung zur Geschichte von Zwönitz in zwei Bänden. Für dieses Werk erhielt er am 4.11.2016 den Sächsischen Landespreis für Heimatforschung. Im Jahre 2008 wurde er als Ehrenbürger der Stadt Zwönitz ausgezeichnet.

Bücher in erzgebirgischer Mundart:

Bücher-Walther: *Wie iech e Lausgung war* (2001, 2002, 2010), *Wie iech e Halbstarker war,* (2002), *Wie iech e Aufsteiger war* (2003), *Wie iech e Staatsfeind war* (2004), *Wie iech e stilles Wasser war* (2005), *Wie iech dr Bürgermaaster war* (2008), *Is war emol ben Laube Ott* (2006),

Altis-Verlag Berlin: *Das Erzgebirgische Dekameron* (2007) 2011

mironde: *Lachen macht gesund* (2011)

Bücher in hochdeutsch:

Projekte-Verlag Halle: *Kathi unter Männern,* Roman 2013

Heimatkundliche Veröffentlichungen:
Vergangen, verdrängt, aber vergessen? (2006) Chronik 1933 – 1950, Gemeinde Bernsbach, *Zwönitz - Alte Bergstadt mit Zukunft* (2010) Festschrift 850 Jahre Zwönitz mit Harald Schindler, *500 Jahre Günsdorf* (2015) *Chronik der Stadt Zwönitz 960 - 1945,* (2016), *Chronik der Stadt Zwönitz 1945 - 1990* (2020).

Harald Schindler (6.8.1953 - 22.12.2020) war Journalist, Heimatforscher und Fotograf. Der Diplomingenieur für Feinmesstechnik, der im VEB Messgerätewerk Zwönitz tätig war, beschäftigte sich ab 1977 mit der Heimatgeschichte und dem Naturschutz in der Region Zwönitz. So gehörte er innerhalb des Kulturbundes der DDR der Ortsgruppe der Zwönitzer Naturschützer und der Heimatforschergruppe an. Nach der Wende wurde er Mitbegründer der BUND-Ortsgruppe und des Erzgebirgszweigvereins Zwönitz. Von 1991 bis 2001 war Schindler Redakteur des Zwönitzer Wochenblattes, von 2001 bis 2016 Leiter des Museums in der Austelvilla in Niederzwönitz, in dem die von Bruno Gebhardt (1894–1975) zusammengetragene Gebhardtschen Raritätensammlung verwahrt und gezeigt wird. Er war Autor und Co-Autor mehrerer regionalgeschichtlicher Beiträge und Bücher. Er betätigte sich zudem als Genossenschafts- und Aufsichtsratsmitglied der Wohnungsgenossenschaft Zwönitz eG und legte ein umfangreiches heimatgeschichtliches Fotoarchiv über seine Heimatstadt an.

Werke:

Das Zwönitztal in historischen Ansichten. Geiger 1993.

Chronik des Erzgebirgsvereins Zwönitz: gewidmet Pfarrer Friedrich Hermann Löscher, einem der bedeutendsten Kenner des Erzgebirges und seiner Menschen (= Beiträge zur Geschichte der Stadt und ihrer Dörfer 19), Zwönitz 2005.

Zwönitz. (Die Reihe Bilder aus der DDR) Sutton 2006

Mit Uwe Schneider: *Zwönitz – alte Bergstadt mit Zukunft: Festschrift zum 850-jährigen Stadtjubiläum.* Stadtverwaltung Zwönitz (Hrsg.), 2010.

Die Austel-Villa in Niederzwönitz: ein Prachtbau wird 125 Jahre alt (= Beiträge zur Geschichte der Stadt und ihrer Dörfer 24), Zwönitz 2011.